勇者系列
BRAVE SERIES

第五集　魔王與絕望勇者

YELLOW BOOK

前／言／

您好，我是本書作者黃色書刊。

首先要感謝手上拿著這本《勇者系列／第五集・魔王與絕望勇者》的讀者，你們的支持，對我來說是莫大的動力與鼓勵。

魔王和絕望勇者是我非常喜歡的兩個角色，他們也都是各自陣營中最頂尖的強者，要怎麼描繪出頂尖強者的對決呢？是武力、智慧，還是個人魅力？我思考了很久，最後決定用一個我認為最適合這兩個角色的方式來描繪。

身為強者是什麼感覺呢？要如何才能成為強者？

每個人心中對於「強」的定義應該都有所不同，
也正慢慢地往那個「強」前進吧！
「好想變強啊！」卻不知道自己所做的每一個決定能不能讓自己變強，
什麼時候才會知道呢？變強以後會知道嗎？
變強這件事，可真是個深奧的難題。

故事來到了第五集，
真的非常感謝各位讀者，讓這個故事能繼續下去！
希望您會喜歡這次的故事，謝謝！

目錄

特別收錄

第十一章（下）

魔族狩獵場

你要我幫你一起對抗「召喚勇者」？這樣的話，功勞都會歸我喔！
你不是還要選新的魔族四天王嗎？這種時候還把功勞讓給別人好嗎？
我有沒有當上新的魔族四天王都無所謂，
能夠確實打敗勇者才是最重要的！
魔族四天王
戰鬼
與十二屠夫
拜託您了

其實你要請我們幫忙還是怎樣都無所謂啦！但是……
為什麼怪物勇者會在這裡?!
就是你把無懼野豬給解決掉的吧？可惡！
抱歉，我也有我的難處啊。
無懼野豬可是我們的夥伴啊！我要你付出代……
！
老虎力士，冷靜一點……
不管過去發生什麼事，此刻在這裡的都是自己人啊，不是嗎？

各位，怪物勇者是我派去勇者國的部下。
若他有什麼地方冒犯到各位，請別怪他，我會負起全責。
……最強的勇者是魔族派去的？
哇喔，真是傑出的一手啊。
戰鬼大人，他似乎是有備而來呢。
好吧，孤獨大將軍，就讓我聽聽看你提出的「方法」吧。

沒想到你就這樣毫不猶豫的答應要幫忙孤獨大將軍了。
這都是為了要打敗勇者啊。
但是，對上召喚勇者，我們一定沒辦法全身而退……
這次我會親自上戰場，但也真的要麻煩你們三位了……
喚雷阿龍，
狗狗劍客，
老虎力士，請你們和我一同作戰吧！
哎唷，別那麼客氣啦，真是的！
我一定會保護您的！
戰鬼大人，讓我們一起消滅勇者吧！

阿龍，你有想過，人類究竟為什麼會這麼可惡嗎？
沒有呢。
是因為那些勇者做出那麼多傷天害理的事，
我才不要背負這種責任勒！
嗯……就算我們想破頭也想不出個答案吧。
算了，反正人類很可惡就是了。
這樣想就對了。

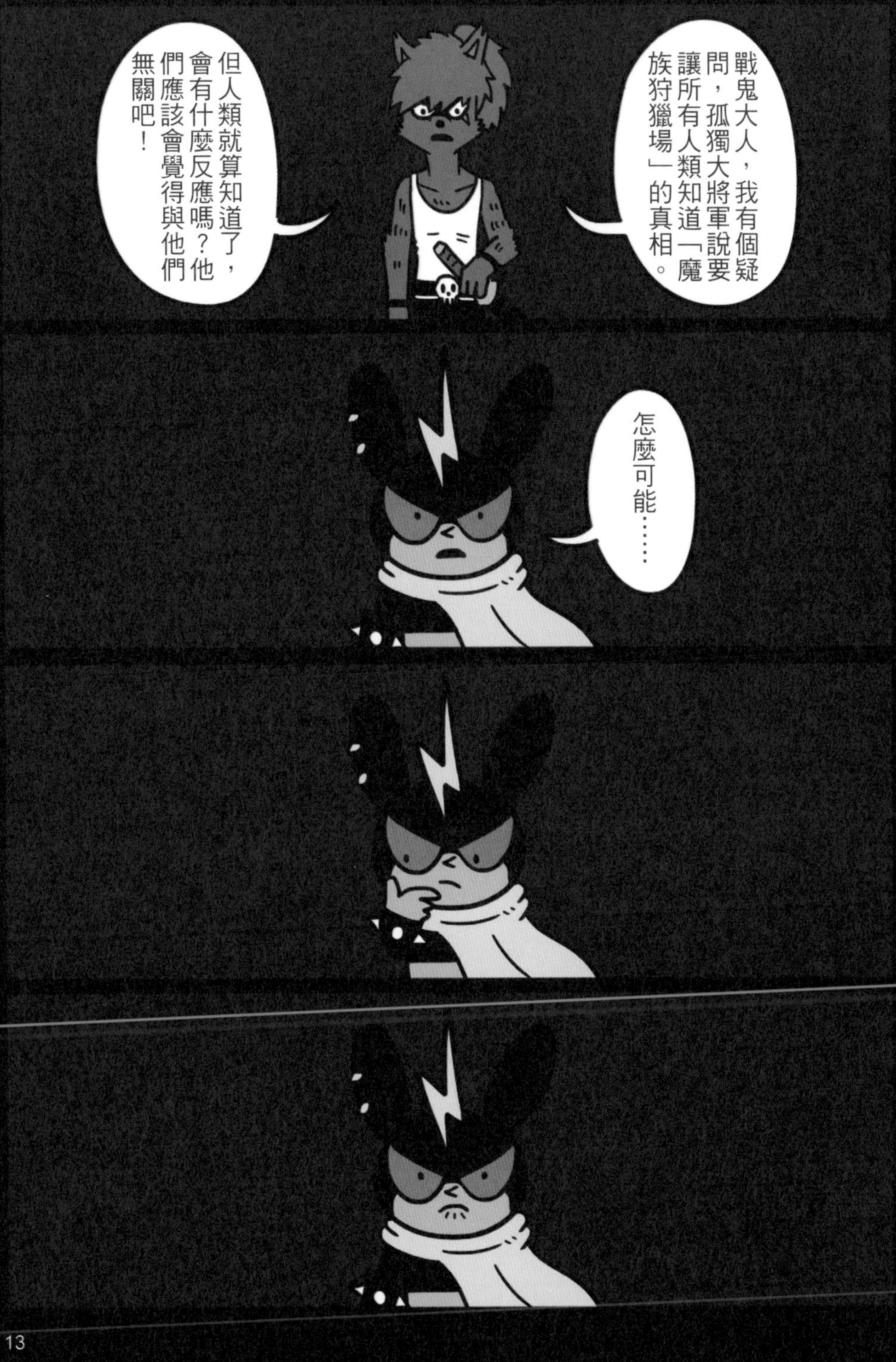
戰鬼大人，我有個疑問，孤獨大將軍說要讓所有人類知道「魔族狩獵場」的真相。
但人類就算知道了，會有什麼反應嗎？他們應該會覺得與他們無關吧！
怎麼可能……

我是狗狗劍客，是魔族四天王「戰鬼」大人麾下「十二屠夫」的其中一員。
我很崇拜戰鬼大人，他是一位值得追隨的領導人，我願意為了他奉獻一切。
他明明只是哥布林，卻可以爬到現在這個地位，實在很令人佩服。
或許，我們都在等待像他這樣的魔族出現吧，能夠真正改變這個世界的魔族。
怎麼了？
沒、沒事！希望我們一切都能順利啊！
啊啊，而且他實在是好可愛，又強大又可愛，怎麼可以這樣！我要追隨他一輩子。

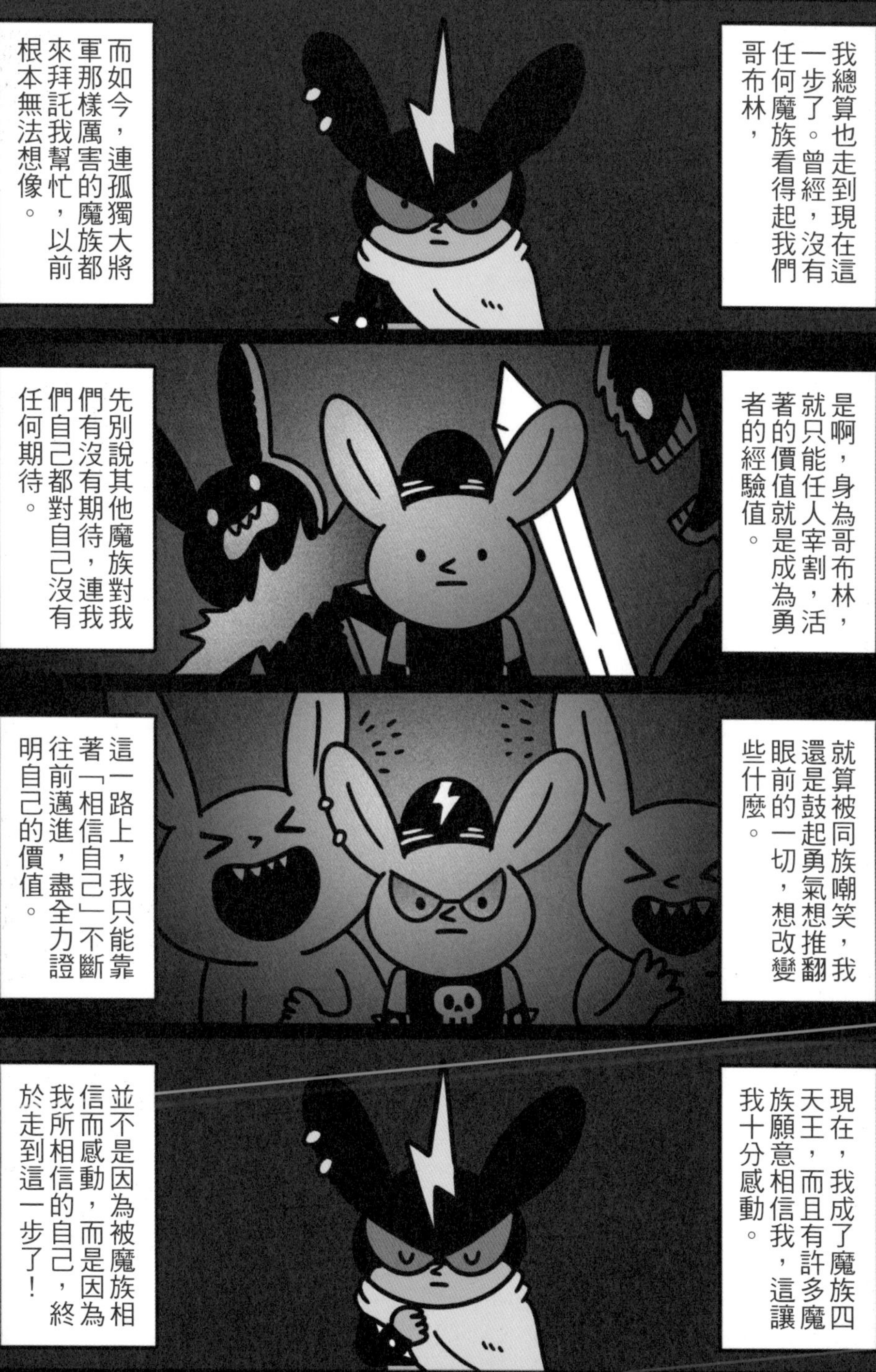
我總算也走到現在這一步了。曾經，沒有任何魔族看得起我們哥布林，
而如今，連孤獨大將軍那樣厲害的魔族都來拜託我幫忙，以前根本無法想像。
是啊，身為哥布林，就只能任人宰割，活著的價值就是成為勇者的經驗值。
先別說其他魔族對我們有沒有期待，連我們自己都對自己沒有任何期待。
就算被同族嘲笑，我還是鼓起勇氣想推翻眼前的一切，想改變些什麼。
這一路上，我只能靠著「相信自己」不斷往前邁進，盡全力證明自己的價值。
現在，我成了魔族四天王，而且有許多魔族願意相信我，這讓我十分感動。
並不是因為被魔族相信而感動，而是因為我所相信的自己，終於走到這一步了！

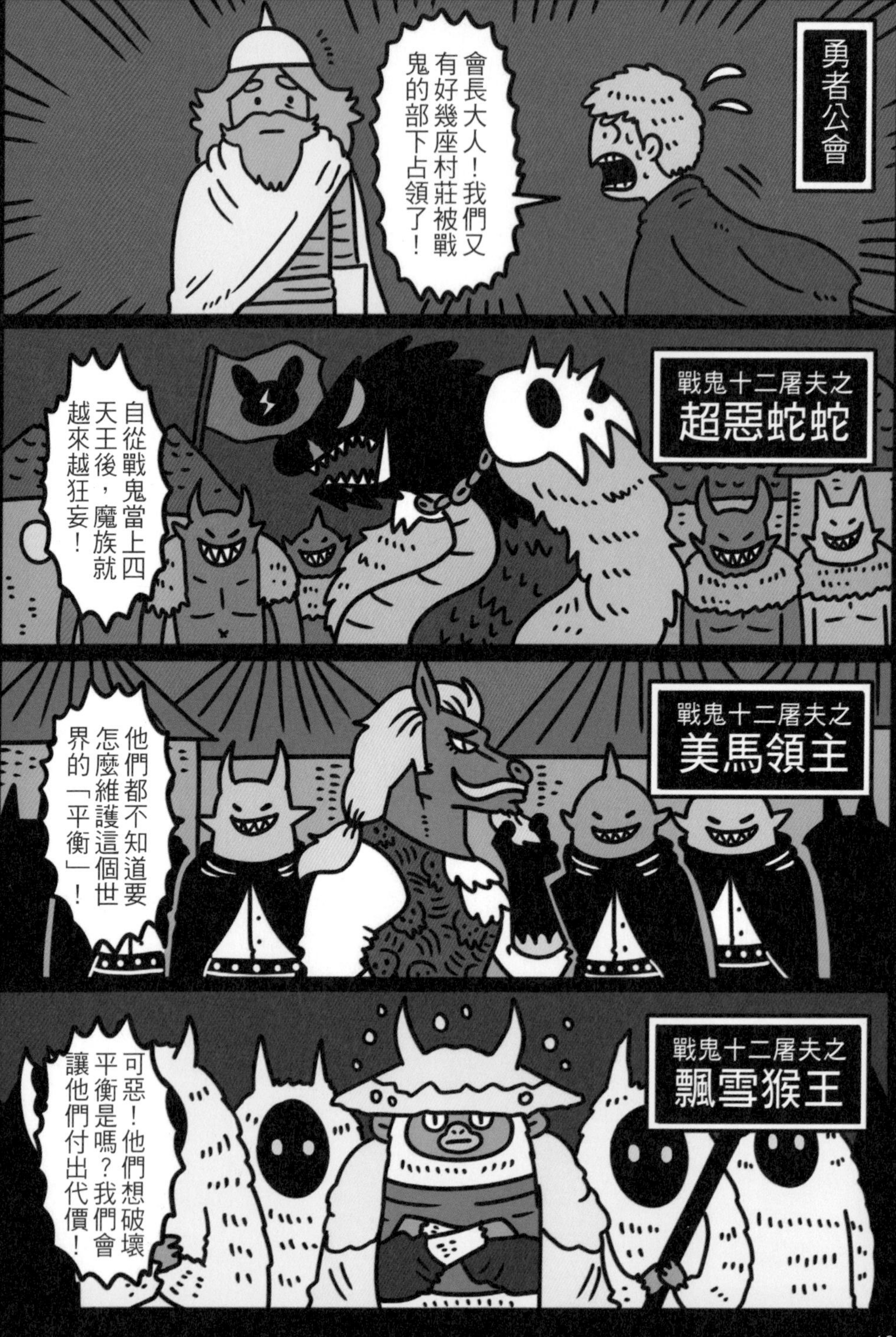
勇者公會
會長大人！我們又有好幾座村莊被戰鬼的部下占領了！
戰鬼十二屠夫之
超惡蛇蛇
自從戰鬼當上四天王後，魔族就越來越狂妄！
戰鬼十二屠夫之
美馬領主
他們都不知道要怎麼維護這個世界的「平衡」！
戰鬼十二屠夫之
飄雪猴王
可惡！他們想破壞平衡是嗎？我們會讓他們付出代價！

可惡的十二屠夫！可惡的戰鬼！他明明只是一隻哥布林啊！憑什麼！
他憑什麼這樣對待人類?!
我可沒有寬容到能讓你羞辱戰鬼大人。
被自己看不起的種族打敗很不是滋味吧？
我懂，我都懂。

人類的城鎮住起來還真舒服啊！
這都要感謝戰鬼大人占領了那麼多人類的城鎮，
自從他當上魔族四天王後，一切都不一樣了呢！
真奇怪，以前的炎魔、病魔、慾望女王明明也都很強啊，
為什麼都不會想積極的占領人類的領地呢？
別想那麼多了，好好享受現在的生活吧！

魔族四天王之一的「戰鬼」是個非常積極進攻人類村莊的魔族。
他會將那些攻下的村莊與城鎮占為己有，變成自己的領地。
那些反抗的村民，都被他消滅了，而那些選擇不反抗的村民呢？
戰鬼讓他們繼續留在村莊，但是，他們從此以後就成了「服從者」。
「服從者」是戰鬼領地中最底層的存在，只能完全服從魔族。
而那些選擇投降的勇者，則成了監督服從者的「協助者」。
因為村莊中還有許多人類，勇者公會也不敢貿然攻打戰鬼的領地。
就這樣，戰鬼勢力越來越壯大，成了勇者國眼中最麻煩的存在。

戰鬼領地中的魔族常常使喚那些服從者。
喂！服從者啊！
是！請問您有什麼吩咐呢？
服從者們完全不敢違抗魔族的命令。
魔族會逼服從者做一些他們不想做的事。
我準備了午餐，快點趁熱吃吧！你一定很餓了吧？
是！我吃就是了！
就算不想做，服從者也只能硬著頭皮做。
每天每天，服從者都過著被命令的日子。
你的衣服很髒了，我幫你準備了一套新衣服，快換吧！
是！我換就是了！
服從者只能不斷忍耐，等待轉機的到來。
等待著哪天，會有誰來拯救他們。
等待著哪天，會有誰把這些魔族全都消滅。

嘿！夥伴！今天過得如何啊？
一樣是美好的一天啊！夥伴！
當「協助者」真輕鬆，都不用接一些麻煩的任務！
只要保護這座村莊跟監督服從者，就能過上好生活了！
說起來，就算變成協助者，感覺還是跟當勇者一樣嘛！
只不過我們要消滅的對象從魔族變成勇者罷了！
這倒是……讓人覺得滿無奈的呢。
嗯……

戰鬼的主城「戰鬼城」一直都沒有被勇者公會積極的攻擊。
除了戰鬼本身有強大的戰力與軍隊，還有一個原因——
服從戰鬼的村民和勇者成了「服從者」和「協助者」留在村莊。
而那些服從戰鬼的村長們則成了「貴賓」。
「貴賓」們被安置在戰鬼城中的「貴賓室」。
正因為這些「貴賓」，勇者公會才不敢隨意的攻打戰鬼城。
就讓我去把戰鬼城直接剷平吧！
不可以！

話說，戰鬼不就是個哥布林嗎？怎麼想得出那麼多策略呢？
因為戰鬼身旁有個軍師啊。
那位十二屠夫之一的「聰明兔兔」。
服從者、協助者、貴賓，這些制度都是他想出來的。
戰鬼非常信任他，都會採用他的策略。
正因如此，戰鬼才那麼難對付啊。
哇~那隻兔子到底什麼來頭啊？
他啊……唉，可以算是勇者國的「一大損失」吧……

我曾經的主人是一位「魔獸使」，我是他的其中一隻魔獸。
他是個相當聰明的人類，也常替勇者國解決很多難題。
我沒有強大的力量，但主人沒有因此而唾棄我。
他要我多看書，並且好好的觀察人類、了解人類。
主人死後，他手下的魔獸們不是逃跑就是被人類消滅。
請讓我成為勇者國的一份子吧！
我會為了勇者國而奉獻自己的！
而我，當時想留在勇者國，想運用自己所學的一切幫助人類。
只可惜那些人類只把我當成魔族，並不想把我當成同伴。
消滅他！他是可惡的魔族啊！
嗚嗚嗚嗚嗚嗚嗚！

把他趕出去！他以前是勇者的使魔！
逃離人類後，我回到魔族，但是魔族們也不願意接納我。
我不斷逃跑，後來終於有一位魔族出現在我的面前。
你啊，成為我的部下吧，這樣就不用一直逃跑了。
但我曾是勇者的使魔，曾是魔族的敵人！
你願意相信像、像我這樣的魔族嗎？
相不相信都無所謂，我要的是你的能力。

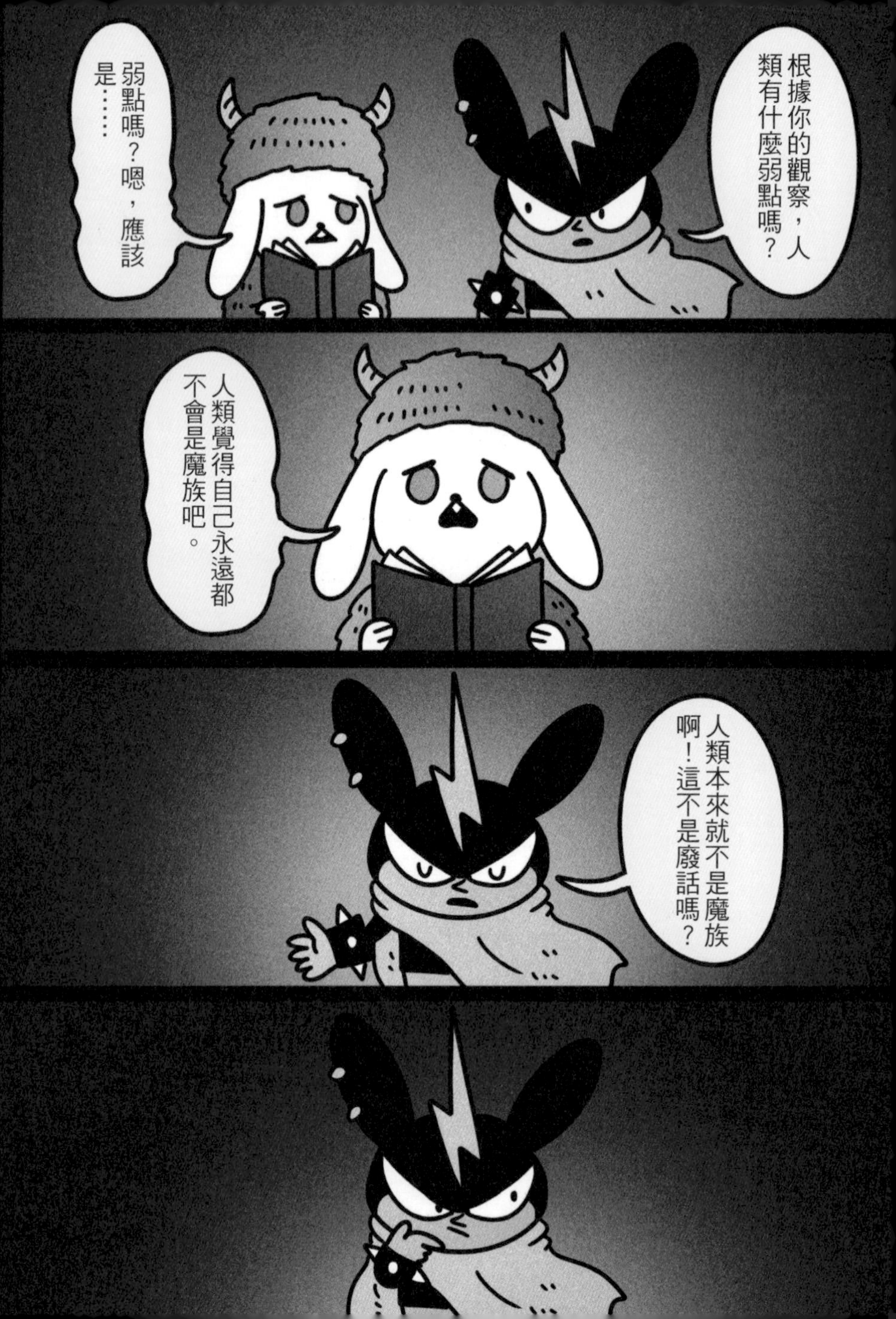
根據你的觀察，人類有什麼弱點嗎？
弱點嗎？嗯，應該是……
人類覺得自己永遠都不會是魔族吧。
人類本來就不是魔族啊！這不是廢話嗎？

您打敗人類後，不要消滅他們，把他們留下吧。
嗯？為什麼不要消滅他們？
把留下來的人類當成我們的盾牌。
這樣其他勇者就不敢貿然攻擊我們。
我們好不容易攻下來的領土就不會一直被攻打，
您就可以安心的擴展領土了！
噢……你真可怕。

勇者國 王宮
那些被戰鬼占領的城鎮還真麻煩！
直接用武力把那些城鎮奪回來就好了啊！
是啊！一直被戰鬼利用也不是辦法！
各位，別說得那麼輕鬆，有些城鎮是我們碰不得的。
別忘了，有些城主的勢力和財力可是很驚人的。
也是……那座「金銀城」也被戰鬼占領了吧？
還有「採礦城」，真是讓人頭痛！
連「鐵匠城」都被占領了，可惡！
唉！就算我身為國王，還是不得不對那些城主低頭呢。
戰鬼……果然是個必須除掉的敵人啊。

戰鬼城 貴賓室
你們這些貴賓，倒是在這邊過得挺舒服的啊。
金銀城城主
金庫大王
當然！只要你不破壞金銀城，就算要我當一輩子的貴賓都無所謂！
只要金銀城能照常運作、繼續賺錢就夠了！
就算金銀城變成我的領土也無所謂嗎？
你也真了不起。
你別太小看人類了啊，戰鬼！
不過就是服從的對象變了，對我們來說有差嗎？
只要能活著繼續賺錢就行啦！錢就是要拿來花的！人要活著才能花錢啊！

勇者公會組了一支名為「斬鬼」的隊伍，他們的目標是拯救那些「重要」的城鎮。
他們首先兵分三路，分別前往「金銀城」、「採礦城」及「鐵匠城」這三座城市。
目前掌管「金銀城」的是戰鬼三魔將之一的「史萊姆」。
「斬鬼」打算潛入金銀城中，暗中將史萊姆給解決掉。
哼，很順利的潛入金銀城了嘛，還真輕鬆呢。
等等，那邊有人！
勇者國派來的嗎？真是的，不要把金銀城變成戰場啊。

可惡！為什麼你要攻擊我們？
金銀城明明有像你這樣的強者，為什麼當初不反抗戰鬼？
金銀城城主的護衛
和戰鬼打起來的話，金銀城會被破壞的，城主可不想讓那種事發生。
就是因為當初城主馬上投降，金銀城才沒有被破壞。
金銀城現在很好，你們別擅自來「拯救」我們啊。
只要城市沒有被破壞，就算被戰鬼占領也無所謂嗎?!
你以為我們是為了什麼才來這裡啊？

你把那些入侵者都趕走了嗎？
是啊，我可不能讓你們在金銀城裡打起來。
辛苦你了，還讓你對付勇者。
勇者公會不敢破壞金銀城，所以他們很好對付。
但你們不一樣，只要反抗你們，你們就會破壞金銀城。
是啊，所以你們可要小心一點。
哼，我們很小心啊。

啊！又是和平的一天呢！真棒啊！
確實很棒呢！
身為村民，本身就是一件很和平的事啊！
是啊！無論是在金銀城的我們，還是其他地方的村民，
一定都在此刻享受著和平的一天吧！

那些原本生活過得很困苦的村民，在被戰鬼占領村莊後，
日子還是一樣苦，他們的生活沒有因此變得更好、或是更壞。
他們原本會抱怨勇者國讓他們沒有好日子可以過。
如今，他們會抱怨戰鬼害他們的日子變成現在這樣。
而那些原本生活就過得很富裕的村民，在被戰鬼占領城鎮後，
日子還是一樣富裕，他們覺得這個世界一如往常的和平。
無論是勇者國還是戰鬼來統治都無所謂，反正日子一樣美好。
他們認為「知足常樂」就是最大的幸福，人生就應該如此。

魔族四天王 賢者的領地
MONEY
你覺得我們的行動會對人類造成影響嗎？
你說讓人類知道魔族狩獵場的真相以後嗎？
嗯……這件事本身是滿有衝擊性的啦！
不過，大多數的人類大概都會覺得與自己無關吧！
但是，誰知道呢？魔王原本是人類，我也是人類啊！
說不定你們這次的行動會讓更多人類有所「改變」呢！
MONEY
我不在的時候，就麻煩你多多關照戰鬼城了。
當然啊！兄弟！你就儘管放手去做吧！

魔族狩獵場 入場處
您好啊！怪物勇者大人，您今天也來這裡練等啊？
真了不起！都已經擁有「最強」稱號了，還那麼努力！
唉唷！還是要多努力一點啊！
不然怎麼能當勇者們的榜樣呢！
那就請您好好利用狩獵場，讓自己變得更強吧！
再麻煩各位勇者大人於「維修時間」前離開喔！
那麼，歡迎來到魔族狩獵場！
祝各位帶著滿滿經驗值回去喔！

魔族狩獵場 草原區
笑笑鬼大人，又有勇者闖到草原區了！
很好很好！把那些勇者變成我們的經驗值吧！
唉，是誰都好，有誰可以來救救我們？
讓他們知道我們草原區的魔族不是好惹的！
活在這座魔族狩獵場的我們，實在是太可悲了啊……
讓我們快快樂樂的消滅勇者吧！
拜託！來救我們吧！

魔族狩獵場 某處
快到維修時間了，怪物勇者。
嗯，那我們開始吧。
雪怪變形術！
好了，完成了！
開始行動吧！

魔族狩獵場 入場處
各位勇者大人，辛苦了！
各位都有獲得滿滿的經驗值了嗎？
有！開心！
滿滿的開心！
下次見了！各位勇者大人，路上小心！
悲傷小姐大人，可以開始「維修」了！
嗯，我先把魔族以外的「異物」都先傳送出去吧……

悲傷小姐會在維修時間使用傳送魔法，範圍涵蓋了整個魔族狩獵場。
施展魔法後，魔族狩獵場中，除了魔族以外的人類都會被強制傳送出來。
有些勇者會忘記維修時間，不小心在裡面待太久，他們會被強制傳送至入場處。
糟糕！練到忘記時間了！
我來收錢囉！
那些到了維修時間還沒自己離場的勇者，則需要再多繳一筆傳送費。
悲傷小姐這樣做並不是為了要多收這筆傳送費，而是要做「事前準備」。
有些事情是絕對不能讓勇者看到的。但是，此刻還有一位勇者在狩獵場裡。
那就是「怪物勇者」，本身就是魔族的他，不會被悲傷小姐的魔法傳送出去。
怪物勇者正在魔族狩獵場中，準備執行孤獨大將軍交代給他的任務。

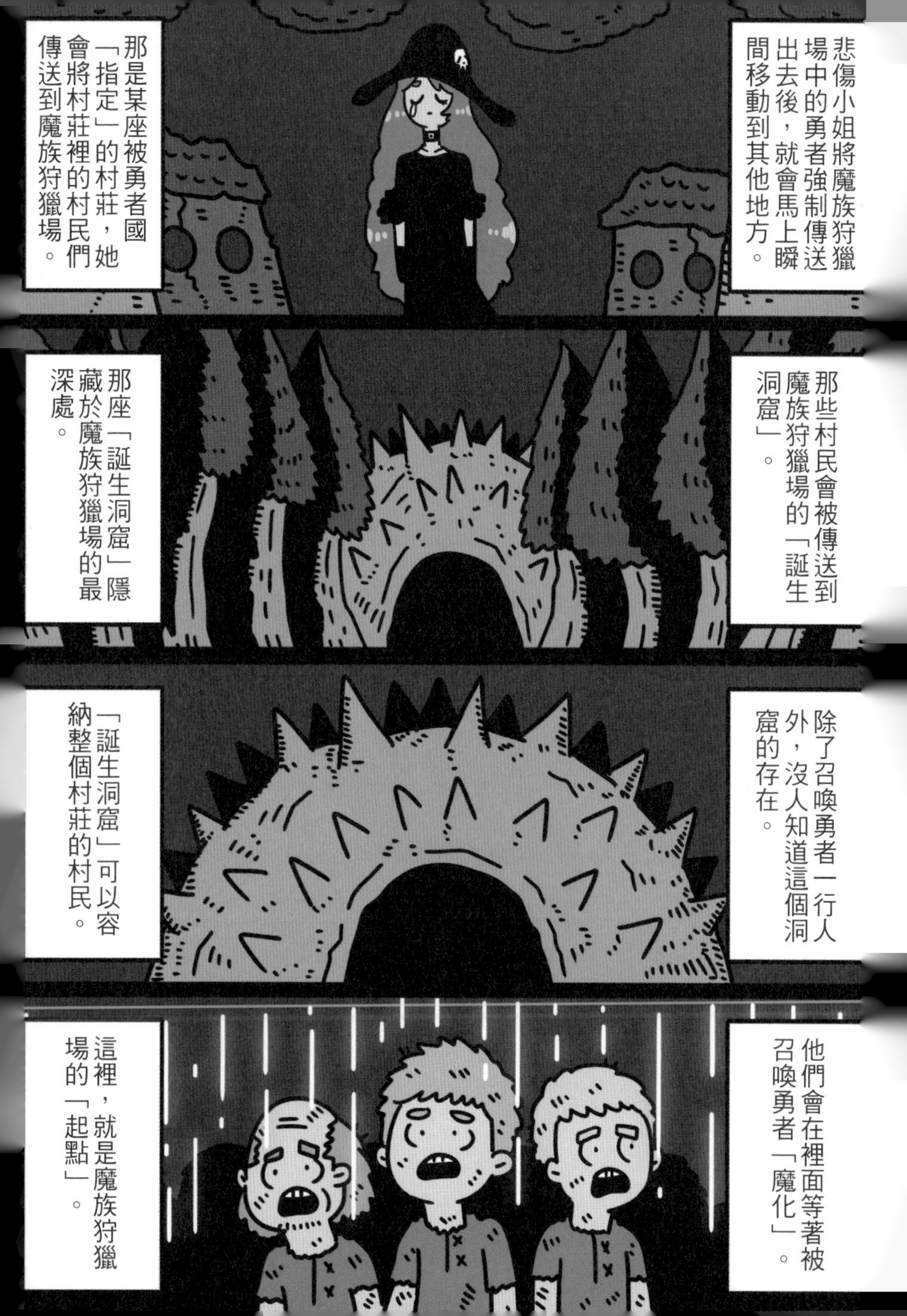
悲傷小姐將魔族狩獵場中的勇者強制傳送出去後，就會馬上瞬間移動到其他地方。
那是某座被勇者國「指定」的村莊，她會將村莊裡的村民們傳送到魔族狩獵場。
那些村民會被傳送到魔族狩獵場的「誕生洞窟」。
那座「誕生洞窟」隱藏於魔族狩獵場的最深處。
除了召喚勇者一行人外，沒人知道這個洞窟的存在。
「誕生洞窟」可以容納整個村莊的村民。
他們會在裡面等著被召喚勇者「魔化」。
這裡，就是魔族狩獵場的「起點」。

哇啊啊啊啊啊！
我的身體！
我到底……變成什麼了?!
我要用「錄影魔具」把這些畫面拍下來！
然後把這支影片交給孤獨大將軍大人！

拍完影片了，先趕緊躲起來，等維修完就可以出去了！
通常這種時候都不會那麼順利……一定會有什麼狀況！
可惡……要來就來吧！我才不怕！
隔天（維修結束後）
我來了，看來進行得還滿順利的。
不，別太大意！這種時候一定會出狀況！
別緊張，現在只要離開這裡，把影片交給孤獨大將軍就大功告成了。
不要說這種話啊啊！每次只要說這種話，計畫就一定會失敗！

下次見了！各位勇者大人！路上小心！
我們就這樣順利出來了？怎麼可能……一定會有壞事發生！
難道我剛剛不小心把影片誤刪了？欸？沒有啊……
別一直往壞處想啦！
沒事的！計畫都很順利！對了……
等任務成功之後，你願意跟我交往嗎？
噗！！！！
不要再說這種感覺會出事的話了！
怎麼辦？事情絕對沒有這麼順利！我該怎麼辦才好？
就請你接受計畫很順利的事實吧。

怪物勇者順利將影片交給了孤獨大將軍。
孤獨大將軍很快就利用魔法將影片播放給勇者國的人類觀看。
勇者國的村民看了影片後感到十分害怕。
他們覺得「魔族狩獵場」的做法實在是太可怕了。
許多村民集結起來向勇者國抗議，他們認為「魔族狩獵場」不該繼續存在。
距離新魔族四天王的「決定日」只剩下三天。
計畫也太順利了吧，就跟作夢一樣，還是我真的在作夢呢？
唔，好痛……難道連在夢境裡都會有痛覺嗎？

我是抱歉勇者，勇者公會的前任會長。之前因為墮落狂魔襲擊公會城的關係，我被關了。
但是對我來說，待在監獄裡，遠比待在外面開心許多，啊啊，外面才是真正的監獄。
我不用再為誰負責了，也不用再為了誰而道歉了，我的胃……已經不再痛了。
這裡的風吹起來是多麼舒服，陽光是多麼地溫暖，人生就應該這樣樸實無華啊。
抱歉勇者，這段時間真是辛苦你了，你可以離開這裡了！
白勇者大人?!
從現在起，你就是勇者公會的副會長！
現在的勇者國非常需要你呢！走吧！

我又換上這套讓人胃痛的服裝了，這套服裝只會帶給我滿滿的壓力，我只是想當個勇者啊。
勇者國需要我，所以我就必須出場嗎？我是在害怕勇者國，還是在害怕沒人需要自己呢？
嗯……被人需要或許是一件值得開心的事情，對吧？我應該這樣想比較好嗎？
向大家好好的道歉，這件事只有我能做到，是啊，勇者國需要的就只是我的一個道歉。
在我道歉之後，魔族狩獵場的真相又會變得無所謂了，這就是勇者國想要的結果吧。
我的能力……還真是相當可怕呢，連我都對自己的道歉感到害怕，真是抱歉。
才剛出獄，就有不速之客出現啦？還真會抓時機呢！
那個是……？

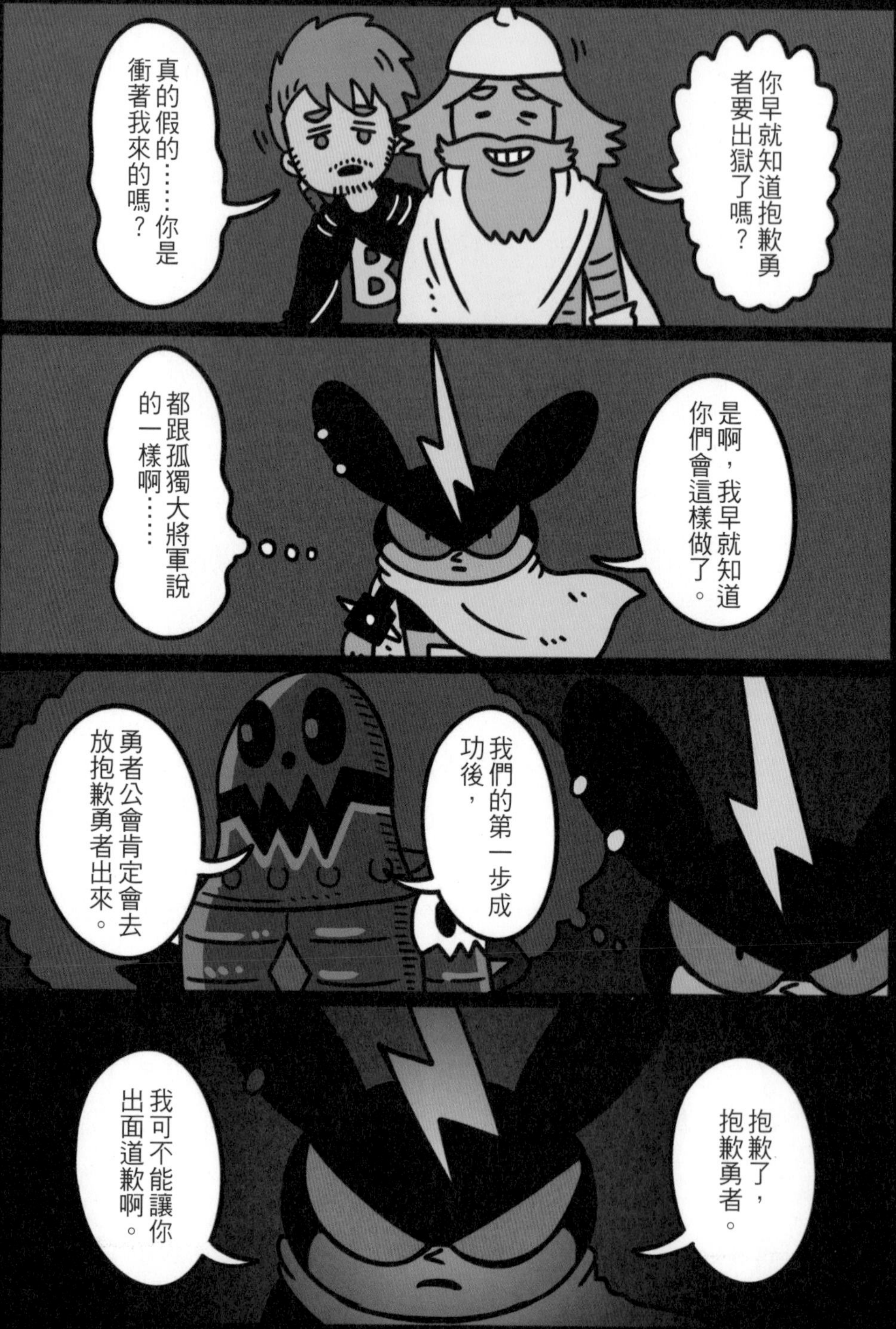

你早就知道抱歉勇者要出獄了嗎？
真的假的……你是衝著我來的嗎？
是啊，我早就知道你們會這樣做了。
都跟孤獨大將軍說的一樣啊……
我們的第一步成功後，
勇者公會肯定會去放抱歉勇者出來。
抱歉了，抱歉勇者。
我可不能讓你出面道歉啊。

就跟你早知道我會帶抱歉勇者出來一樣，我也早就知道你會早就知道這件事。
怪物勇者和絕望勇者也來了嗎？
抱歉勇者，先對戰鬼施展「道歉」，讓他失去戰鬥能力吧！
不可以！我想跟戰鬥力滿滿的戰鬼好好打上一場呢！
白勇者，就算是你也不能阻止我想要戰鬥的慾望啊！
抱歉勇者，就請你跟我走吧！我要帶你去「演講臺」！
唉，一出獄就要馬上去道歉嗎？真是的。

就這樣，戰鬼和絕望勇者的戰鬥開始了。
怪物勇者則帶著抱歉勇者前往演講臺。
等等，這個方向不是去演講臺的方向吧？
……孤獨大將軍？

原來怪物勇者是孤獨大將軍的部下啊，
真是的，只要我一聲道歉，你們就會連反抗的力氣都沒有！
的確，只要你道歉，我們就輸了，但是，你為什麼要道歉？
抱歉啊，抱歉勇者，我已經深入調查過你了，你真是……
真是可憐啊，從以前到現在，都不斷在替別人道歉，
你有哪次是為了自己而道歉的呢？
加入我們吧！我不敢保證這裡的生活會有多美好，
但至少，在這裡你不用再為了別人的錯誤去道歉了。

你要我加入你們，又不需要我替你們去道歉？那我對你們來說又有什麼用呢？
我唯一的價值就是我那個「只要道歉就會被原諒」的能力啊！
我們做錯事會自己去道歉，就算沒有得到原諒也沒關係。
道歉不是為了讓別人原諒，而是要承認自己所犯的錯。
該出來道歉的是勇者國，不是你。
勇者國也該對你感到抱歉才是。
勇者國……該對我感到抱歉……？
是嗎……我不用再繼續道歉下去了嗎？

聽到孤獨大將軍說的那些話以後，我的心突然有股悸動。
有一種說不上來的力量慢慢湧現，啊，我好像懂了……
這就是傳說中的「惡魔之心」吧？沒想到我的身上也有。
人類和魔族之間，就只隔了一顆心臟的距離啊！
或許，不當人類也不見得是一件壞事，真是抱歉了，勇者國。
接下來，我得要好好「感謝」勇者國呢。
感謝魔
（原抱歉勇者）

變成魔族了……真讓人驚訝，就跟現在的魔王一樣！
竟然可以不用依靠召喚勇者的魔法就自己變成魔族！
可見我累積了相當多不滿啊！
現在胃也不痛了，我的胃終於得到了平靜了！
孤獨大將軍，就讓我助你一臂之力吧！
雖然由我這個前勇者公會會長說這種話不太妥當，
不過，勇者公會已經囂張太久太久了，不是嗎？

勇者國 演講臺
聽說抱歉勇者要來演講臺。
是要針對魔族狩獵場做說明吧!
哎唷,一定是誤會一場啦!
抱歉勇者怎麼還不來?
抱歉勇者真慢啊,大家都已經等到有點不耐煩了……
那我先上臺去逗大家開心吧!
是偶像勇者!
喔喔!偶像勇者最棒了!
偶像勇者要先對大家精神喊話嗎?
偶像勇者!
大家好!最近的魔族狩獵場事件一定讓大家很害怕吧?
不過這並不是什麼誤會喔!這都是真的!勇者就是這麼可怕!
咦?

魔族狩獵場裡的魔族都是村民變成的喔！
那些村民都變成勇者的經驗值了喔！全都是真的喔！
全都是真的?!我、我們要怎麼接受這個事實啊?!
抱歉勇者在哪裡？請他出來道歉吧！
對！只要聽到抱歉勇者的道歉，這一切就都無所謂了！
快點讓我們原諒這一切吧！抱歉勇者快點出來吧！
一想到我和這些村民都同樣身為「人類」就覺得好噁心！
啊……我的身體終於忍不住了……

黑暗偶像
（原偶像勇者）
看啊！各位！人類可以如此輕易就變成魔族！
偶像勇者變成魔族了啊！這一定是一場惡夢吧！
拜託！抱歉勇者到底在哪裡？我只想聽到他的道歉啊！
最強的招募員
說明勇者
偶像勇者！妳實在是太超過了！我必須制裁妳！
說明勇者大人！
!!

說明勇者大人被解決掉了啊！
偶像勇者怎麼會變成魔族啊?!
喂！你們看，有人來了！那是……
是最強的勇者「怪物勇者」大人！太好了！得救了！
他旁邊那個是……魔族嗎？那是誰？
其實這才是我真正的樣貌，人類的型態是我變出來的！我是魔族！
各位，久等了！我是「抱歉勇者」！抱歉啊，各位，我也變成魔族了！

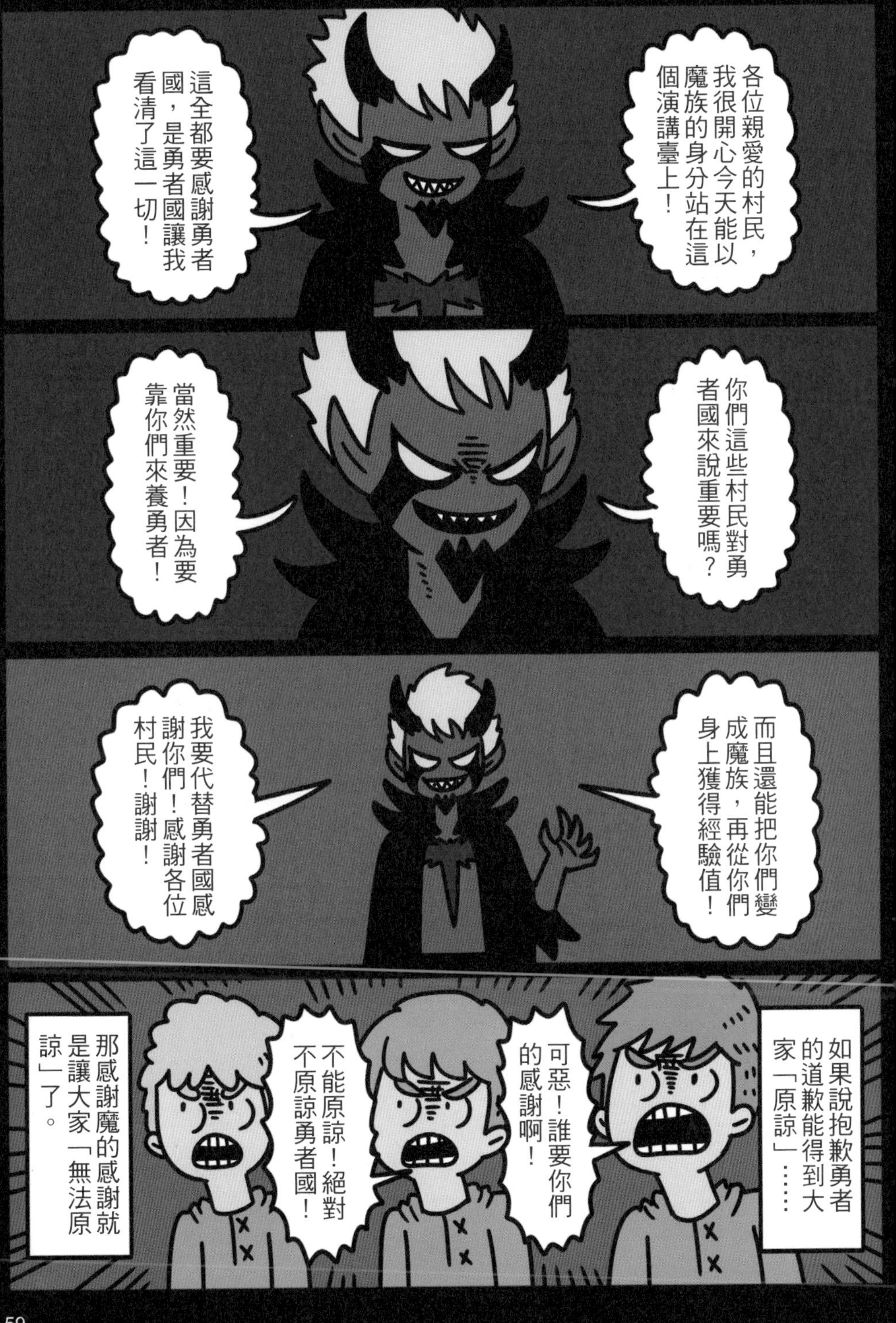
各位親愛的村民，我很開心今天能以魔族的身分站在這個演講臺上！
這全都要感謝勇者國，是勇者國讓我看清了這一切！
你們這些村民對勇者國來說重要嗎？
當然重要！因為要靠你們來養勇者！
而且還能把你們變成魔族，再從你們身上獲得經驗值！
我要代替勇者國感謝你們！感謝各位村民！謝謝！
如果說抱歉勇者的道歉能得到大家「原諒」……
可惡！誰要你們的感謝啊！
不能原諒！絕對不原諒勇者國！
那感謝魔的感謝就是讓大家「無法原諒」了。

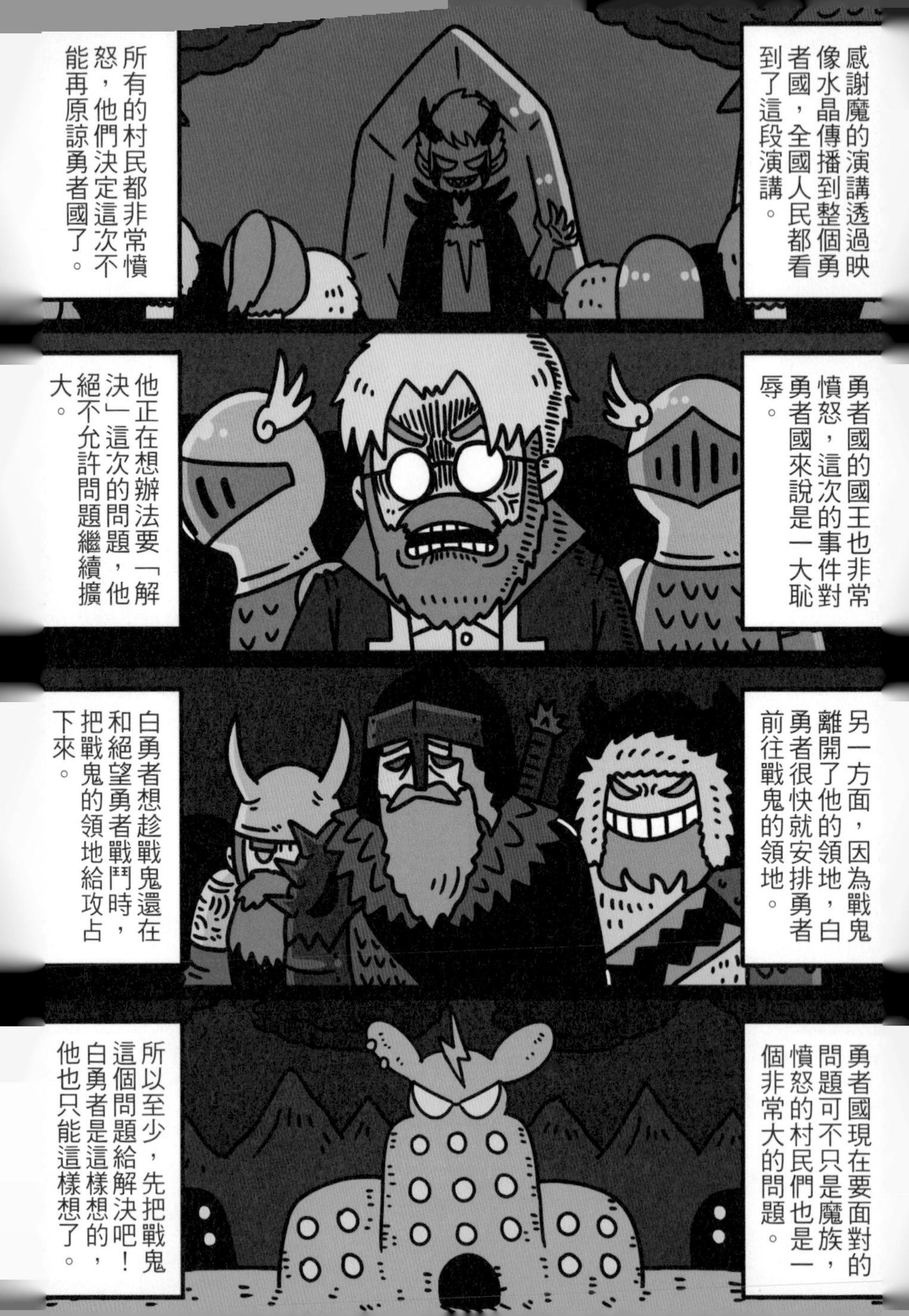
感謝魔的演講透過映像水晶傳播到整個勇者國，全國人民都看到了這段演講。
所有的村民都非常憤怒，他們決定這次不能再原諒勇者國了。
勇者國的國王也非常憤怒，這次的事件對勇者國來說是一大恥辱。
他正在想辦法要「解決」這次的問題，他絕不允許問題繼續擴大。
另一方面，因為戰鬼離開了他的領地，白勇者很快就安排勇者前往戰鬼的領地。
白勇者想趁戰鬼還在和絕望勇者戰鬥時，把戰鬼的領地給攻占下來。
勇者國現在要面對的問題可不只是魔族，憤怒的村民們也是一個非常大的問題。
所以至少，先把戰鬼這個問題給解決吧！白勇者是這樣想的，他也只能這樣想了。

辛苦各位勇者了！還讓你們特地前來戰鬼的領地！
由於戰鬼現在出差中，所以由我代為管理他的領地！
賢者……不，你這個勇者的叛徒！
我就把你連同這個領地一起毀掉吧！
不不不，你也知道現在勇者國的情勢相當緊張吧？
或許現在加入魔族才是您的最佳選擇喔！
你在胡說八道什麼！我們可是勇者啊！
現在加入還有提供住處以及享有魔族的各項福利喔！
您還可以帶著您的家人一起加入喔！
……這樣啊。

加入魔族？我可沒辦法接受！
魔族全是一些骯髒又邪惡的壞東西！
大哥哥……對不起，我們那麼壞！
我們以後會乖乖的，可以給我們機會嗎？
這把劍才是……
壞東西！
賢者行銷專員
可愛獨角

開什麼玩笑！你們以為所有勇者都會被可愛打敗嗎？
也是有我們這種硬派的勇者啊！那種招式對我們沒用！
各位勇者，請容我出來說幾句話。
你是做人非常實在的實在勇者！你也跑來加入魔族了？
賢者三魔將之
實在勇者
CUTE
我是個實在的人！所以我要告訴你們，魔族很實在！
相信我！加入魔族是你們最實在的選擇！
CUTE
既然連實在勇者都這麼說了，那就肯定不會錯！
果然還是勇者的話比較能信啊！
等等，我以前也是勇者喔。

你們這些沒用的勇者！算了！就靠我們自己吧！
我們還沒忘記自己的使命啊！我們是自豪的勇者啊！
真是的！快點加入魔族不就沒事了嗎？
既然你們那麼固執，那就一起來耍廢吧！報廢女妖之歌～～～
賢者三魔將之
報廢女妖
我才不會耍廢勒！才不廢耍廢勒！勒！
我們看起來超廢的！這就是我們的使命！
WASTE

真不愧是賢者大人，沒用半點武力就把這些勇者都打敗了。
能不靠武力解決是一件好事啊！大家都熱愛和平呢！
溝通靠的是嘴巴，不是武器啊！
放下武器後，這個世界會更美好！
那如果有不願意放下武器的勇者呢？
那我也只好勉為其難的亮出武器了！
賢者護衛之
漂浮寶劍
當然，不是用我自己的雙手舉起的！
沒錯！責任都不在您身上！

這次也辛苦各位了，謝謝你們！
不過就是裝個可愛而已，輕輕鬆鬆！
BAD
也要感謝賢者大人讓我加入您的團隊啊！
好啦！那我要去為下一場演唱會做準備了！賺錢賺錢！
沒錯！賺錢比戰鬥實際多了！
你當上四天王後，魔族都不一樣了，真是佩服你啊！
比起當那種默默無名的勇者，您還是更適合當四天王！
我果然很適合當魔族四天王吧！
畢竟我可是「人類」啊，哈哈哈哈哈！

真不愧是戰鬼呢！能和我戰鬥那麼久還不倒下！
哼，我根本就不是這次作戰的重點！我就只是個幌子！
其他魔族早就已經向魔族狩獵場進攻了！
絕望勇者，快到魔族狩獵場支援！
有大批魔族向魔族狩獵場進攻了！
你們這些卑鄙的魔族，就只會耍這些小聰明！
也是，在人類的強大面前，你們也只能這樣苟活了啊！

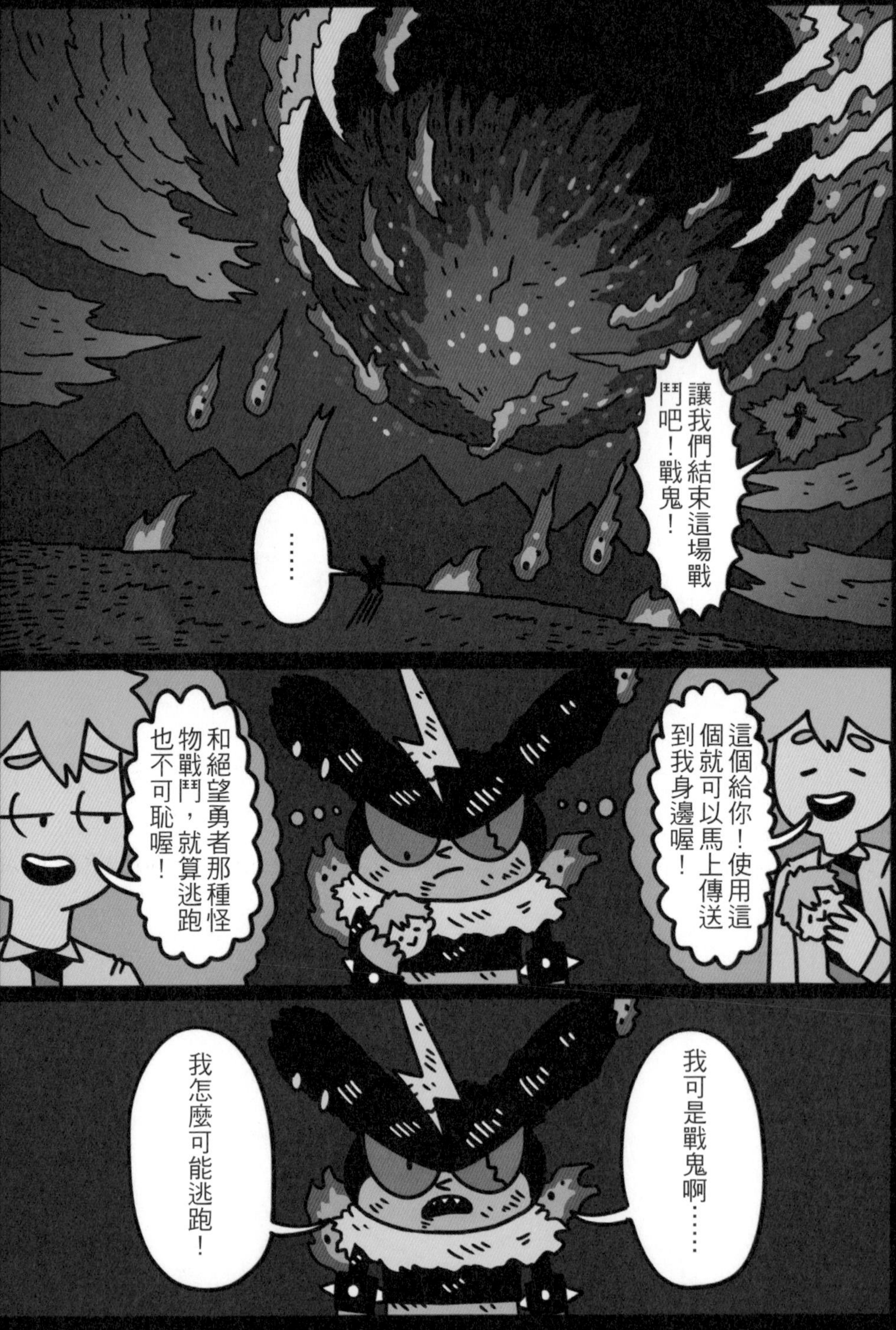

讓我們結束這場戰鬥吧！戰鬼！
……
這個給你！使用這個就可以馬上傳送到我身邊喔！
和絕望勇者那種怪物戰鬥，就算逃跑也不可恥喔！
我可是戰鬼啊……
我怎麼可能逃跑！

出現
戰鬼！看來你用了我給你的道具啊！真是明智的選擇！
什麼都別說了。
嗯……
我知道的！你一開始一定不想逃跑，想以最壯烈的方式去面對絕望勇者的攻擊！
但是你一想到自己要是離開，就不能繼續保護其他魔族，這樣太不負責任了！
所以你最後選擇了逃跑！你果然是個負責任的四天王，真不愧是戰鬼，我的朋友！

不管怎樣，我就是逃跑了，真是丟臉。
明明身為四天王卻還逃跑……
你知道為什麼人類會比魔族還強勢嗎？因為人類很會逃跑啊！
你們魔族實在太不會逃跑了，都白白成了勇者的經驗值！
今天的逃跑是為了明天的勝利啊！
只要活著就還有獲勝的機會不是嗎？
在人類眼中，魔族就該是個既恐怖又狡猾的存在，
既然如此，你又何必要當個有勇無謀的勇者呢？朋友！

聽說派去戰鬼領地偷襲的勇者全都被打敗了，嗯？戰鬼呢？
戰鬼逃跑了，真是讓我意外。
那個戰鬼竟然會逃跑？對了，妳應該要往魔族狩獵場出發了吧？
嗯，那戰鬼領地那邊就交給你了。
沒問題，還有一件事要告訴妳，我的長生不老之藥已經完成了，我已經長生不老了。
你已經長生不老了？哇！那你可以永遠都當我的副院長了！
你真的很喜歡我呢！還為了我長生不老！很好！我們就一起好好享受這世界吧！
我只是擔心我不在的話，沒人管得住妳。

魔族狩獵場 門口
初次見面，召喚勇者，久仰大名。
哼！魔族啊，就是你們把魔族狩獵場的真相公開的吧？
怎麼？你們要趁現在攻下魔族狩獵場嗎？還真心急呢！
比起向魔族狩獵場發動攻擊，我們還有更好的選擇。
是啊，召喚勇者，如今已經走到這個局面了……
勇者國的村民們都在大力斥責魔族狩獵場的存在……
魔、魔王！
妳以為勇者國會站在你們這邊嗎？

魔族狩獵場的存在，讓村民看到了勇者的黑暗面。
而妳，身為魔族狩獵場的管理者，對勇者國來說可是個罪人！
對於妳所做的一切，勇者國一定會表示自己完全不知情。
然後，勇者國馬上就會派人來解決妳！
為什麼一直感受到某種壓力……
是殺氣嗎？不……也不像是殺氣啊！
總之，我的意思是，比起跟我們戰鬥，妳不如加入我們……
好！您說得沒錯！就照您的意思吧！

等、等等，我的意思是要妳加入魔族喔！妳明白這個意思嗎？
我明白！超明白！加入魔族的意思就是加入魔族對吧？
欸？欸欸欸？妳在做什麼？
原來魔王本人摸起來那麼魔王啊！真棒！
喂！
你們的首領說要加入魔族喔！
哼！我有聽到！她一直都是你的粉絲啊！
沒錯！魔王大人！我一～～～直都是您的粉絲喔！
好、好的！對不起！我知道了！對不起！

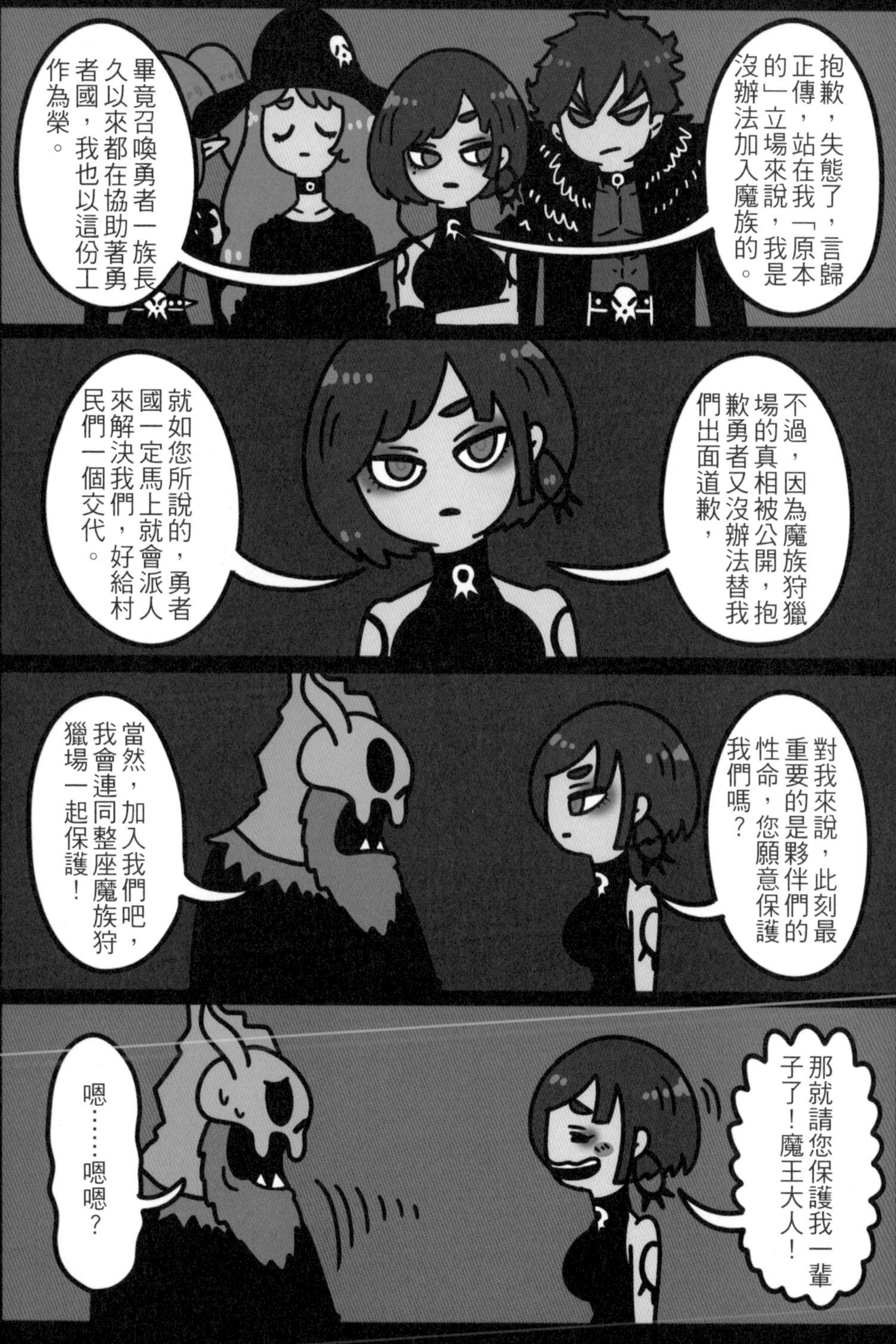
抱歉，失態了，言歸正傳，站在我「原本的」立場來說，我是沒辦法加入魔族的。
畢竟召喚勇者一族長久以來都在協助著勇者國，我也以這份工作為榮。
不過，因為魔族狩獵場的真相被公開，抱歉勇者又沒辦法替我們出面道歉，
就如您所說的，勇者國一定馬上就會派人來解決我們，好給村民們一個交代。
對我來說，此刻最重要的是夥伴們的性命，您願意保護我們嗎？
當然，加入我們吧，我會連同整座魔族狩獵場一起保護！
那就請您保護我一輩子了！魔王大人！
嗯……嗯嗯？

各位守護者們，今天要向你們宣布一件非常重大的事情。
從今以後，這個世界將由比我更偉大的另一位「神」來統治。
我來向各位介紹這位「神」——
這位「神」的名字叫作魔王，魔王大人將會帶領我們前往更美好的世界！
大家好，我是魔王，未來請各位多多指教了！
嗯？？？
那不就是魔族的魔王嗎？現在到底是什麼情況？？？

！
天之勇者，妳也要去魔族狩獵場啊？真沒想到呢～～～
最強的射手
天之勇者
絕望勇者，連妳都要去啊？看來勇者國是狠下心了。
魔族狩獵場到了。
聽說連魔王都來了，好興奮啊！真想好好和魔王打一場呢！
好好享受這場得來不易的戰鬥吧！
開始吧。

各位，很高興成為你們的神！
我會盡我最大的力量來守護你們！
咦咦？
那是什麼?!
哇！好壯觀喔！
絕望勇者來了啊，看來是場硬戰呢。
絕望勇者……我要久違的認真起來了。

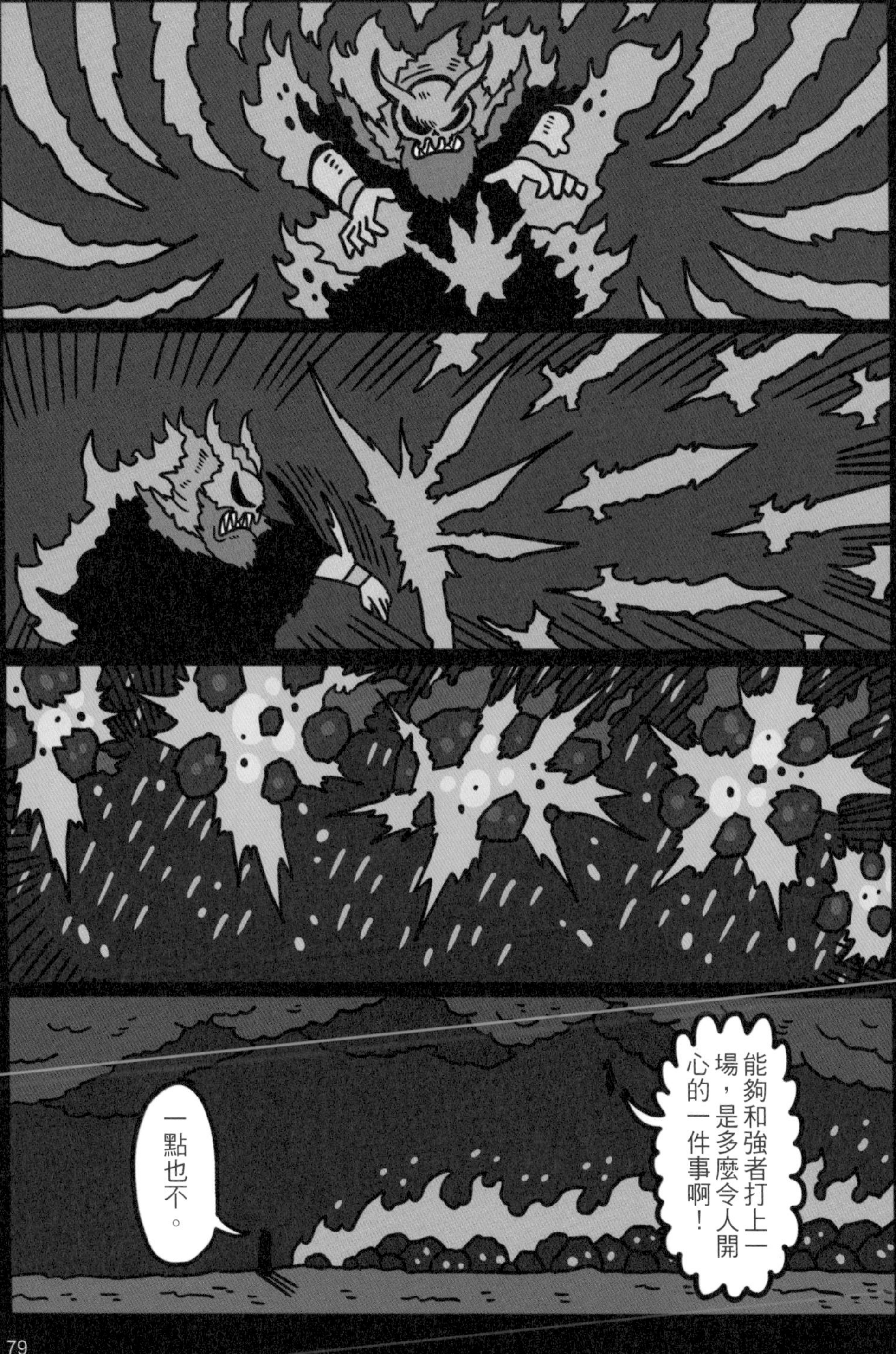
能夠和強者打上一場，是多麼令人開心的一件事啊！
一點也不。

魔王啊魔王，希望你的力量能讓我感到絕望呢！
！
絕望勇者啊，
老實說，身為魔王，我很不習慣從低處往上看敵人呢。
魔王就應該要站在高處啊，不是嗎？
下去。

絕望勇者啊，妳很喜歡從天上砸東西下來吧？
哈哈
這個就當作是送妳的回禮吧。
來吧！盡全力砸向我吧！魔王！
拜託你！千萬不要讓我感到失望啊！

雖然我被大家稱為「絕望勇者」，
但我這輩子都不曾感受過所謂的絕望。
魔王不愧是魔王，他果然比一般魔族都還要強大許多。
能帶著巨大的絕望感結束生命，對我來說是如此幸福。
不，並沒有，他的力量沒有強大到足以讓我絕望……
我好失望，好吧，只好換我讓你感受到絕望了，魔王。

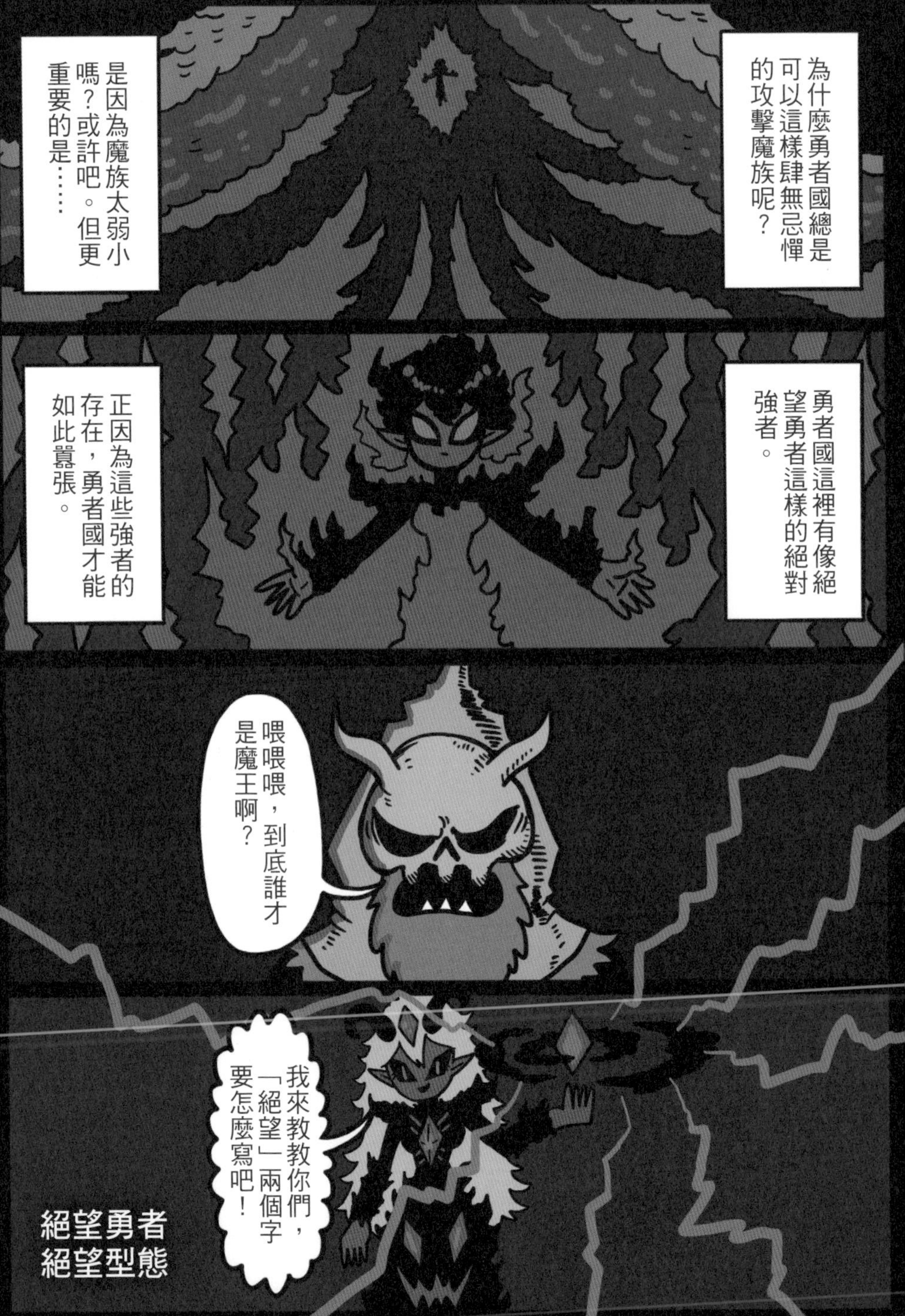
為什麼勇者國總是可以這樣肆無忌憚的攻擊魔族呢？
是因為魔族太弱小嗎？或許吧。但更重要的是……
勇者國這裡有像絕望勇者這樣的絕對強者。
正因為這些強者的存在，勇者國才能如此囂張。
喂喂喂，到底誰才是魔王啊？
我來教教你們，「絕望」兩個字要怎麼寫吧！
絕望勇者
絕望型態

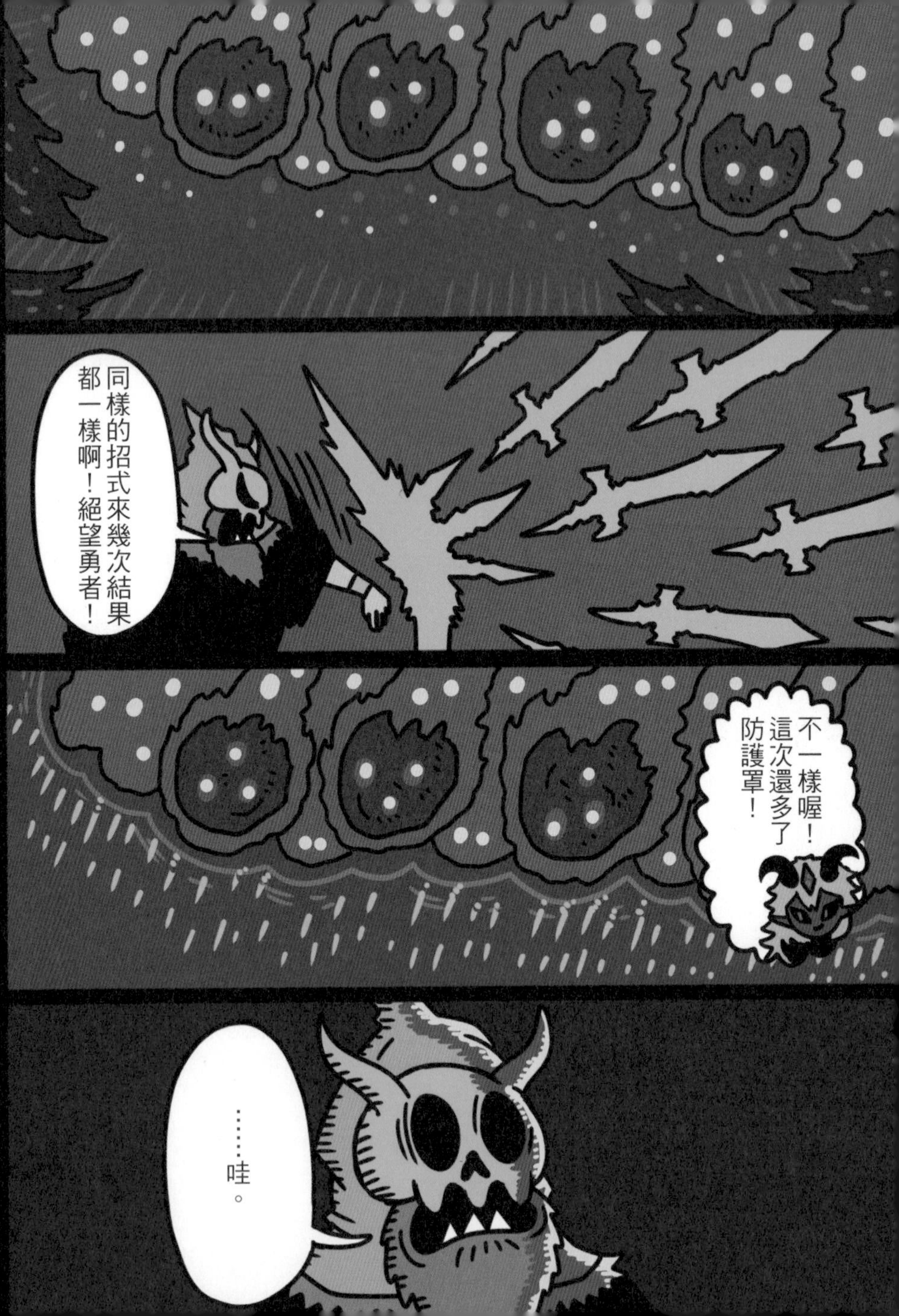
同樣的招式來幾次結果都一樣啊！絕望勇者！
不一樣喔！這次還多了防護罩！
……哇。

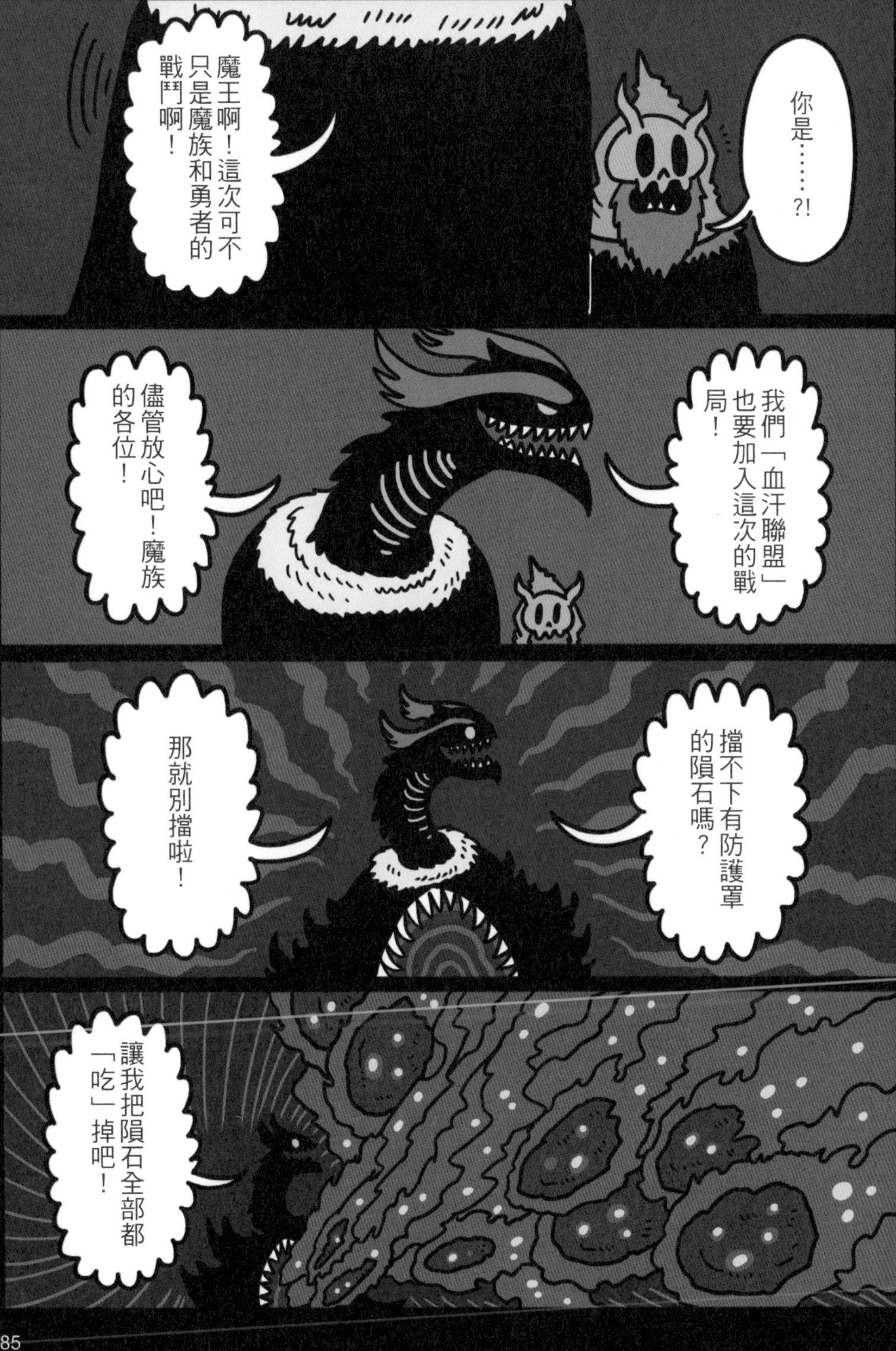
你是……?!
魔王啊！這次可不只是魔族和勇者的戰鬥啊！
我們「血汗聯盟」也要加入這次的戰局！
儘管放心吧！魔族的各位！
擋不下有防護罩的隕石嗎？
那就別擋啦！
讓我把隕石全部都「吃」掉吧！

竟然把我的隕石都吃掉了，真厲害！
只要是魔法，我全部都可以吃掉！
這樣的話，我只好把魔法轉換成物理的力量了呢！
物理？等等，妳不是最強的「魔法師」嗎？
連物理攻擊都很強？妳的存在也太犯規了吧！
我的存在本身就是一種神奇的魔法喔！
噗啊啊啊！

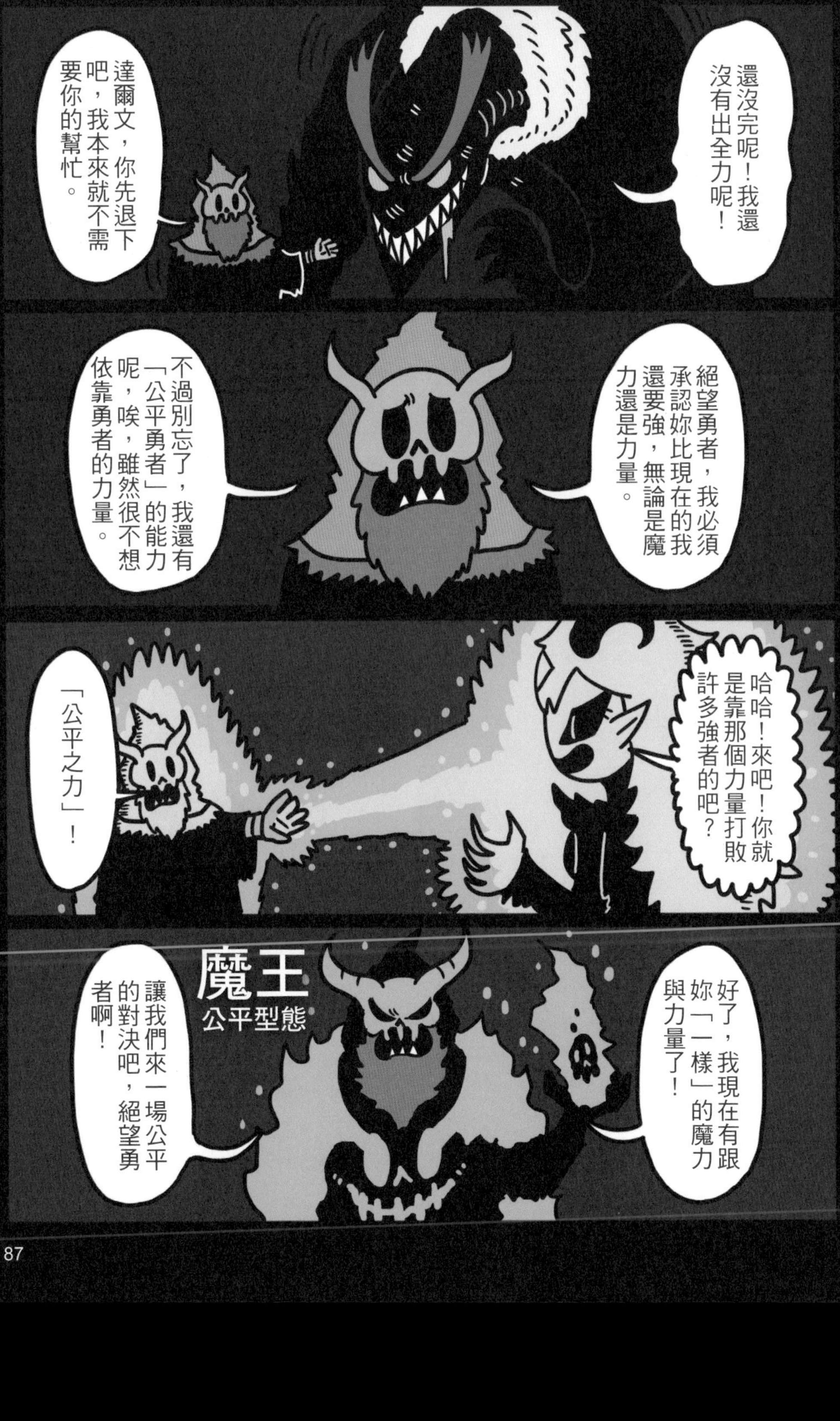

還沒完呢！我還沒有出全力呢！
達爾文，你先退下吧，我本來就不需要你的幫忙。
絕望勇者，我必須承認妳比現在的我還要強，無論是魔力還是力量。
不過別忘了，我還有「公平勇者」的能力呢，唉，雖然很不想依靠勇者的力量。
哈哈！來吧！你就是靠那個力量打敗許多強者的吧？
「公平之力」！
好了，我現在有跟妳「一樣」的魔力與力量了！
魔王
公平型態
讓我們來一場公平的對決吧，絕望勇者啊！

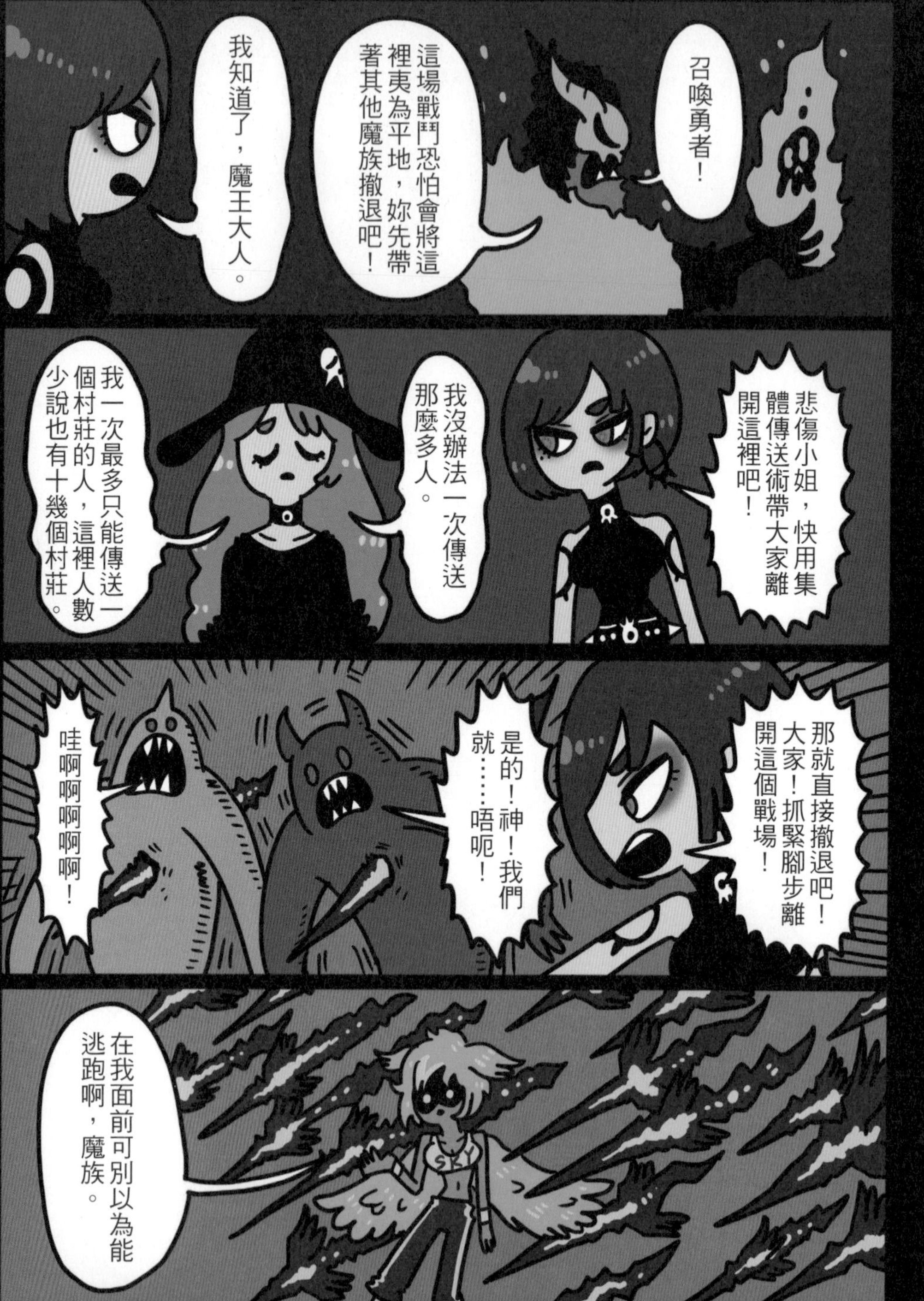
召喚勇者！
這場戰鬥恐怕會將這裡夷為平地，妳先帶著其他魔族撤退吧！
我知道了，魔王大人。
悲傷小姐，快用集體傳送術帶大家離開這裡吧！
我沒辦法一次傳送那麼多人。
我一次最多只能傳送一個村莊的人，這裡人數少說也有十幾個村莊。
那就直接撤退吧！大家！抓緊腳步離開這個戰場！
是的！神！我們就……唔呃！
哇啊啊啊啊啊！
在我面前可別以為能逃跑啊，魔族。

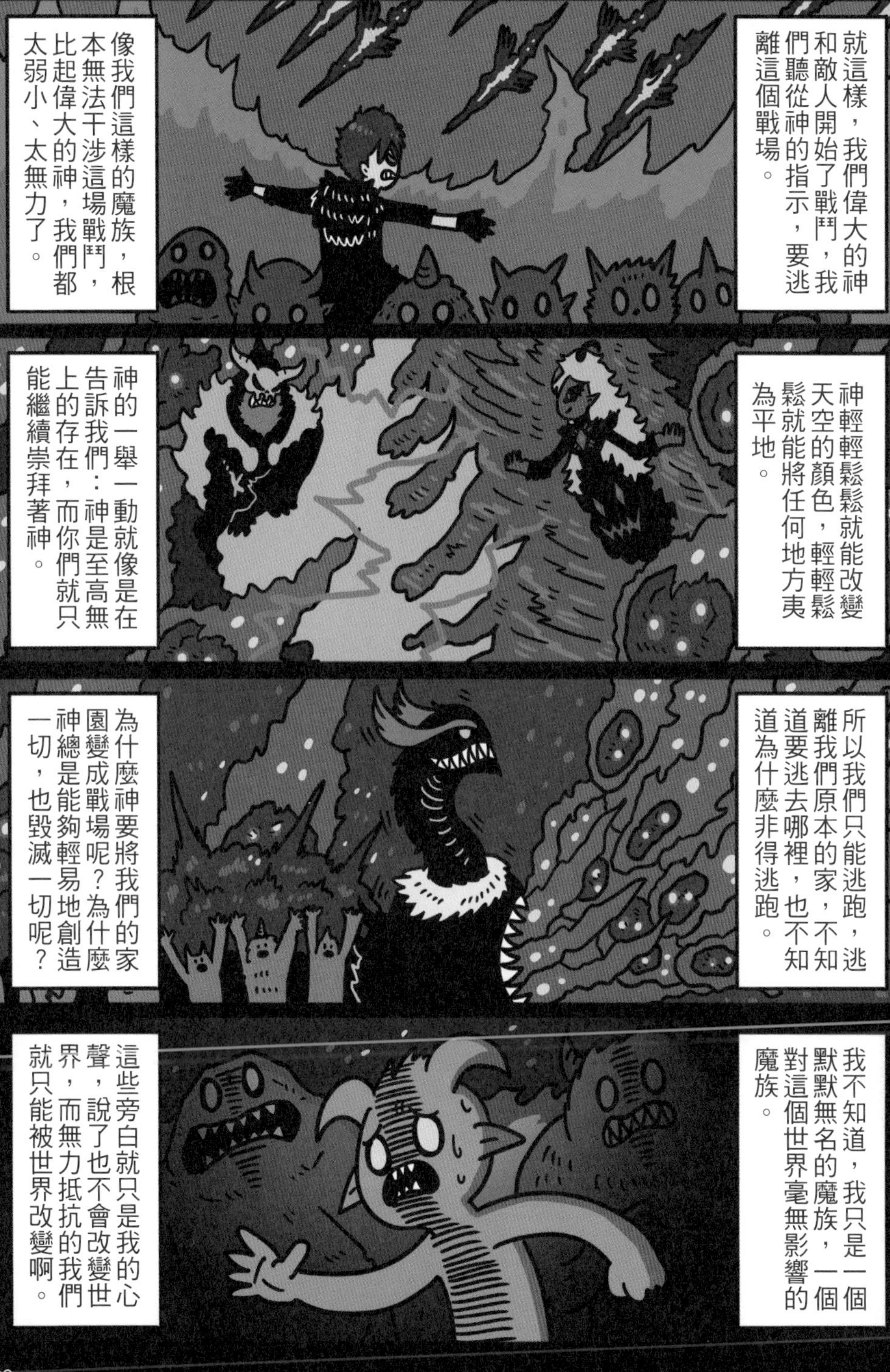
就這樣，我們偉大的神和敵人開始了戰鬥，我們聽從神的指示，要逃離這個戰場。
像我們這樣的魔族，根本無法干涉這場戰鬥，比起偉大的神，我們都太弱小、太無力了。
神輕輕鬆鬆就能改變天空的顏色，輕輕鬆鬆就能將任何地方夷為平地。
神的一舉一動就像是在告訴我們：神是至高無上的存在，而你們就只能繼續崇拜著神。
所以我們只能逃跑，逃離我們原本的家，不知道要逃去哪裡，也不知道為什麼非得逃跑。
為什麼神要將我們的家園變成戰場呢？為什麼神總是能夠輕易地創造一切，也毀滅一切呢？
我不知道，我只是一個默默無名的魔族，一個對這個世界毫無影響的魔族。
這些旁白就只是我的心聲，說了也不會改變世界，而無力抵抗的我們就只能被世界改變啊。

在魔王與絕望勇者戰鬥的同時，召喚勇者與孤獨大將軍正帶著其他魔族逃離魔族狩獵場。
他們往「戰鬼」的領地前進，只要逃到戰鬼的領地，就暫時安全了。
他、他們是……！
召喚勇者啊！妳想帶魔族狩獵場的魔族逃跑啊？
白刃勇者
黑魔勇者
地皮勇者
魔龍勇者
劍聖勇者
那些魔族可是我們勇者國的「財產」啊！
與其讓妳帶走，不如讓我全部都破壞掉吧！哈哈哈！

你們……要背叛勇者國前至少也先跟我說一下吧？
不過話說回來，你們從什麼時候開始是同一陣線的啊？
前輩，跟妳說的話，計畫就會失敗了啊。
劍聖勇者，還是妳想與我們為敵呢？
妳應該就只想賺錢吧？跟我們打可是會賠錢的喔！
我沒有要跟你們打的意思。
我還想把命留著花錢呢。
到底有多少勇者是魔族派來的？
那就要看有多少勇者看清事實囉！

此刻正是替師父復仇的最佳時機，
我要趁機把勇者國的勇者制度都推翻！
是啊，只有師父才是真正的勇者，
對了，你們要前往戰鬼的領地吧？我也要去。
爸爸已經率領血汗聯盟表態要對抗勇者國了，
如今我留在勇者國也沒任何意義，我要回到爸爸身邊。
你們就先把我打暈再離開吧……
不然我不知道要怎麼向勇者國交代。

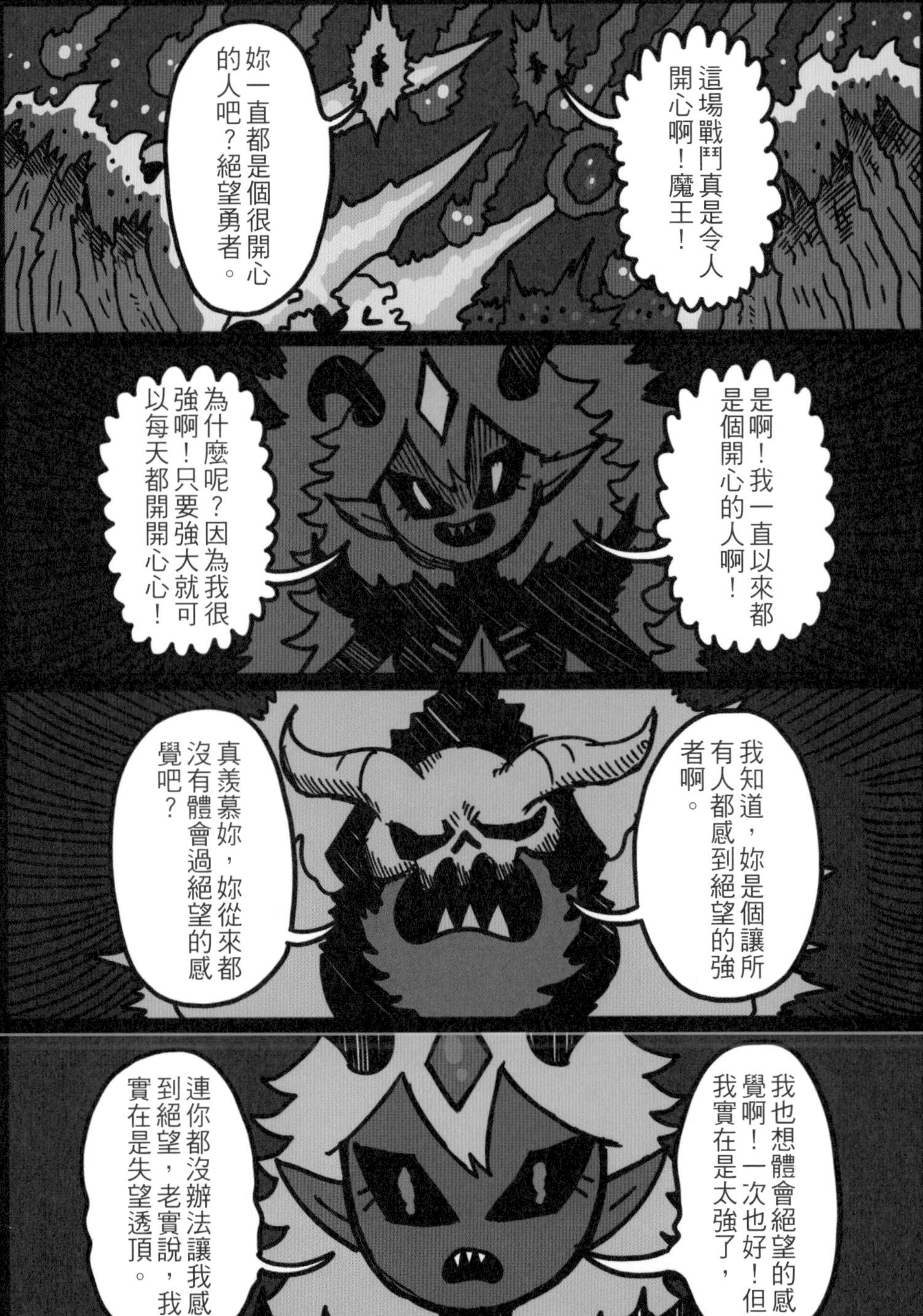
這場戰鬥真是令人開心啊！魔王！
妳一直都是個很開心的人吧？絕望勇者。
是啊！我一直以來都是個開心的人啊！
為什麼呢？因為我很強啊！只要強大就可以每天都開開心心！
我知道，妳是個讓所有人都感到絕望的強者啊。
真羨慕妳，妳從來都沒有體會過絕望的感覺吧？
我也想體會絕望的感覺啊！一次也好！但我實在是太強了，
連你都沒辦法讓我感到絕望，老實說，我實在是失望透頂。

雖然妳很強大，但妳的強大都是建立在毀滅之上。
對我來說，真正的強大是「創造」，我的目標就是創造出一個對魔族公平的世界！
創造？我也會啊！
只是我更愛毀滅罷了。
說到創造，你讓我想到一件有趣的事了，魔王！
或許我可以利用我的魔法創造出一個我「理想」中的世界！

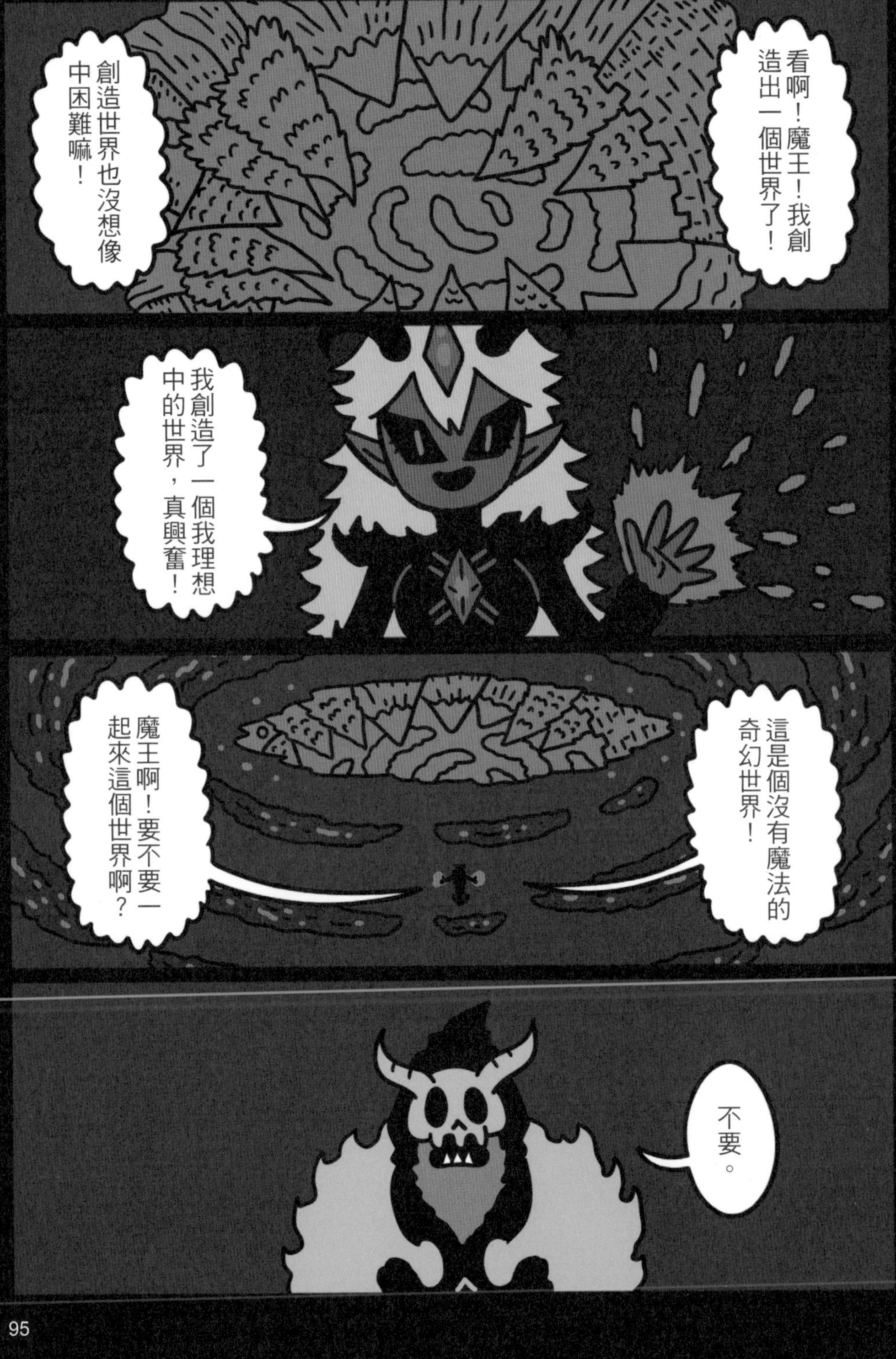
看啊！魔王！我創造出一個世界了！
創造世界也沒想像中困難嘛！
我創造了一個我理想中的世界，真興奮！
這是個沒有魔法的奇幻世界！
魔王啊！要不要一起來這個世界啊？
不要。

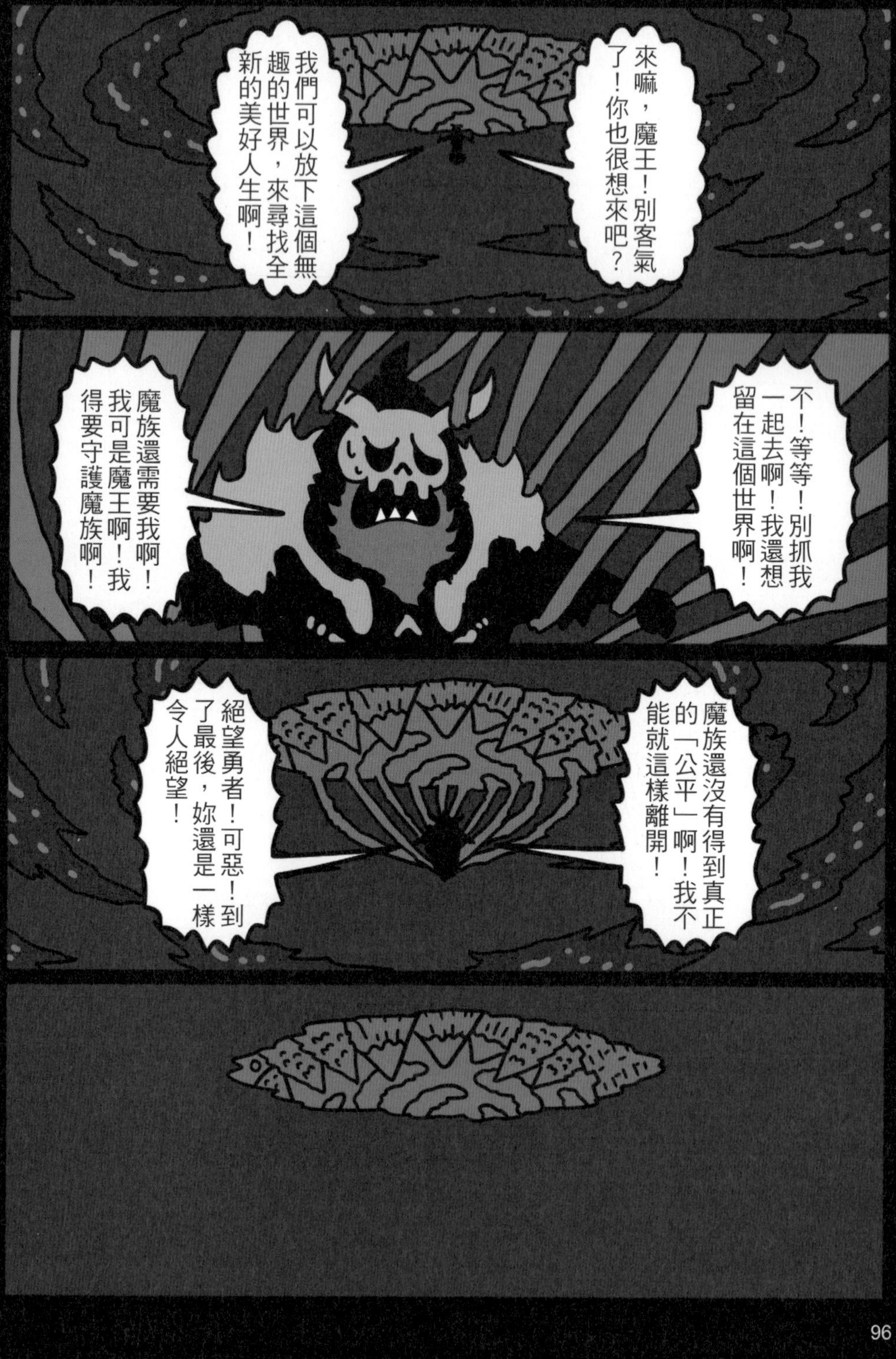
來嘛，魔王！別客氣了！你也很想來吧？
我們可以放下這個無趣的世界，來尋找全新的美好人生啊！
不！等等！別抓我一起去啊！我還想留在這個世界啊！
魔族還需要我啊！我可是魔王啊！我得要守護魔族啊！
魔族還沒有得到真正的「公平」啊！我不能就這樣離開！
絕望勇者！可惡！到了最後，妳還是一樣令人絕望！

第十二章

絕望的新世界

我的名字叫作希望，出生於「勇者國」，為什麼這裡叫作勇者國呢？
因為「能在這裡腳踏實地過生活的人都是勇者」，是啊，每個人都是勇者。
我在出版社工作，而且是個主管，每天都腳踏實地的工作著，每天每天。
這個世界沒有魔法，只能靠自己的雙手努力工作，每個人都是這樣，不只是我。
不過就算努力工作，我也一樣過不上什麼好生活，雖然也不差就是了。
但是說要買房或買奢侈品什麼的，就想都別想了吧，能餵飽自己就很好了。
至少去餐廳吃飯也不怕點不起菜單上最貴的餐點，這樣就足夠了吧？
這種不好也不壞的生活還要過多久呢？我努力工作到底是為了什麼呢？真絕望啊。

喜歡我的人我不喜歡，我喜歡的人不喜歡我，這種絕望的事其實還滿常見的吧。
女兒，妳表哥都已經生第二個小孩了，妳什麼時候才要結婚啊？
現在就沒有對象咩！
我念書時妳不是都叫我晚點再談戀愛嗎？
HOPE
真是的，表哥生幾個小孩到底關我什麼事啊？而且他又沒比我有成就……
我可是個主管耶！表哥領的薪水也沒有比我多啊！我根本就不是輸家！我是贏家！
唉，其實我的生活過得還不錯，但為什麼還是動不動就感到絕望呢？我懂了……
「絕望」本身就是最公平的，每個人都會感到絕望，大家一定都跟我一樣！

主管，這裡是新書的封面完稿，再麻煩妳確認一下！
喔，作者已經畫好完稿了啊？我來看看。
嗯，封面很簡單明瞭的放了主角勇者和身為對手的魔王。
等等再把書名放上去感覺一下吧。
這種題材真是永遠都用不膩啊，唉，不過在這個沒有魔法的絕望世界裡，
也只能看這種故事來想像魔法有多神奇多厲害了，真是絕望。

希望姐，我這次的新書還可以嗎？
MORE WAIT
不錯啊，已經準備要送印了，反正這種題材通常都賣得不錯。
不過，我看完後有個疑問，為什麼人類和魔族兩邊的勢力那麼「公平」啊？
人類沒有被魔族欺壓，這故事沒有任何一方處於弱勢，這樣我都不知道要為誰抱不平了。
因為我想要創造一個「公平」的世界啊！
現實生活太不公平了，只能靠創作來實現啊！
MORE WAIT
不然你覺得要怎麼做，這個世界才會公平呢？
或許未來某一天會有某個人出現，讓這個世界變得公平，反正那個人不可能是我。
所以我想……我們唯一能做的，就是不斷的等待吧。

希望姐，這次新書大賣！感謝妳的幫忙！
別客氣，謝謝你請我吃飯啊，這間餐廳很不錯呢！
勇者國近日做的調查中顯示，
勇者國人民的希望指數是世界最高！
希望指數啊……雖然我現在的確是充滿希望沒錯啦！
你以後也創作一些充滿希望的作品吧。
或許充滿絕望的作品才會讓讀者對自己的人生感到有希望呢。
也是，我看到那些充滿希望的作品就會覺得自己的日子很絕望呢。

這個炎魔燒肉堡不管吃幾次都很好吃呢！
是啊，等等陪我去買水妖氣泡水吧。
MORE WAIT
最近很常跟他出來逛街呢，想起來，認識他也已經很久了，從他的第一本書開始。
跟他在一起的時候，會暫時忘記那種絕望的感覺，該怎麼說，總之，我滿喜歡的。
你說過一直等待有可能會等到世界公平的那天，你還在等嗎？
世界公平我想應該是等不到了，但是我等到了妳的出現。
MORE WAIT

唉，這世界還真是不公平啊……
嗯？為什麼突然這樣說？
MORE WISH
像我這樣平庸的人竟然能和如此完美的妳交往。
你、你不要突然說這種話啦！
我也是和你在一起以後，才覺得這個世界沒那麼絕望的……
只要不去想，就不會覺得這個世界絕望了，我們想著彼此就好啦！
真是消極呢，不過就算再怎麼積極，我們也無法改變這樣的世界就是了。

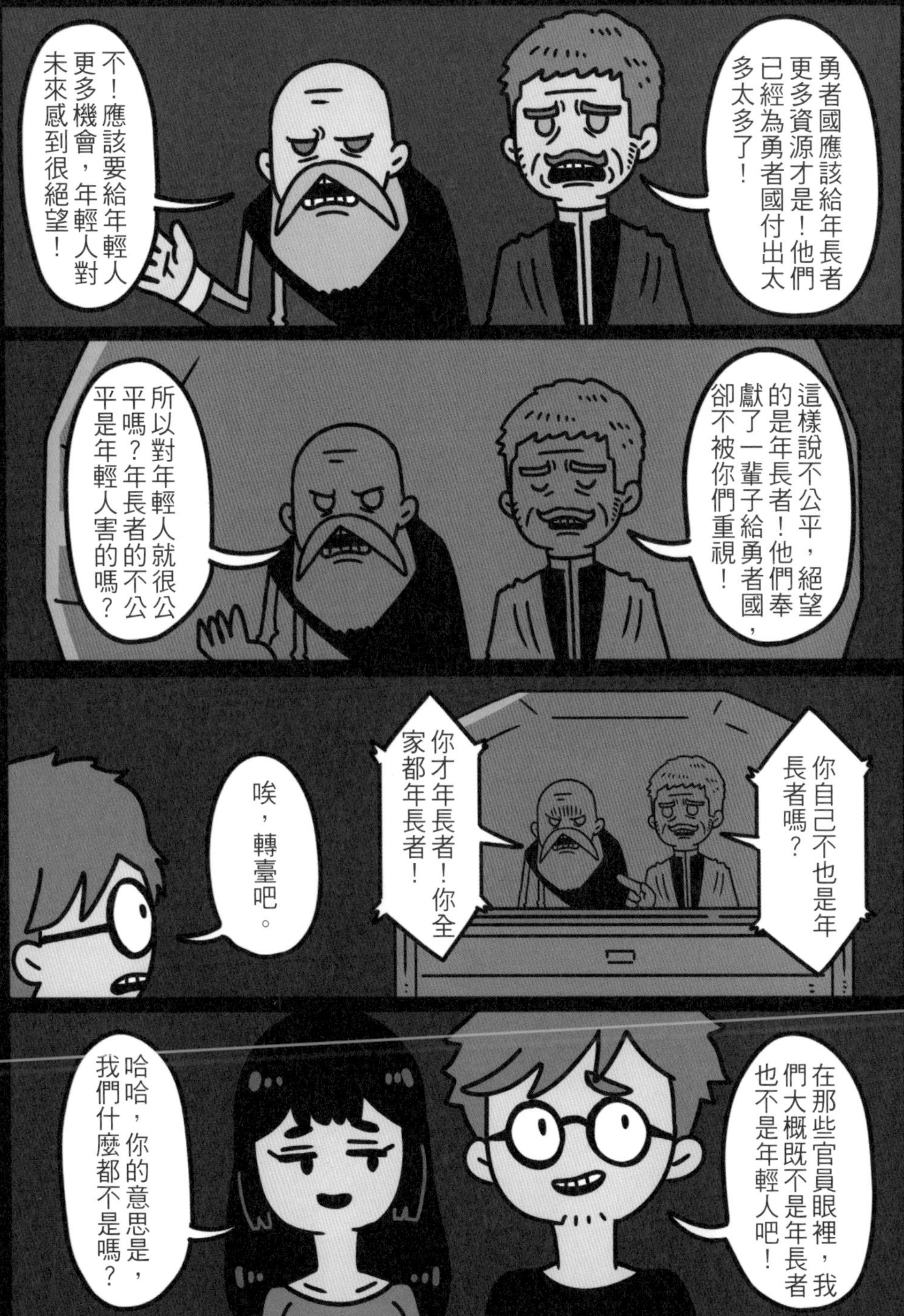
勇者國應該給年長者更多資源才是！他們已經為勇者國付出太多太多了！
不！應該要給年輕人更多機會，年輕人對未來感到很絕望！
這樣說不公平，絕望的是年長者！他們奉獻了一輩子給勇者國，卻不被你們重視！
所以對年輕人就很公平嗎？年長者的不公平是年輕人害的嗎？
你自己不也是年長者嗎？
你才年長者！你全家都年長者！
唉，轉臺吧。
在那些官員眼裡，我們大概既不是年長者也不是年輕人吧！
哈哈，你的意思是，我們什麼都不是嗎？

唉，現實生活遠比我畫的故事還要荒唐跟精采啊！
老公，我幫你泡好熱茶囉！
謝謝老婆，我覺得故事果然還是要帶給人們「愛」才行呢！
那我們的孩子會感受到你的「愛」嗎？
孩子？
我我我我我要當爸爸了?!

哇～哇啊～～～
現在敢生孩子的人都是勇者！被生出來的那些孩子也是勇者！
那是那些父母自己的選擇！跟勇不勇敢一點關係都沒有！
哇啊～哇啊～
嗚哇啊啊啊～～～
勇者國需要讓這些父母和孩子有更美好的未來才行啊！
大家都需要更美好的未來！不只是他們！
老公～先把映像水晶關掉吧，你兒子被吵到睡不著了～～～
你自己不也有孩子嗎？你自己也是父母啊！
我是啊！但現在最重要的應該是——
嗚哇啊啊啊～～～
我知道！我知道！我馬上就關掉！

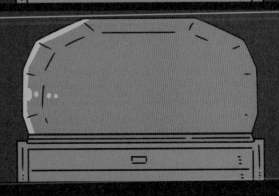

幸運終於睡著了，今天也是哄了好幾個小時呢！
真累人……不過幸運真是可愛。
因為他是我們的兒子啊！幸運這個名字真好聽呢！
妳喜歡就太好了，這個名字我想了很久呢！
我先去陪幸運睡覺啦，怕他醒來後沒看到人又哭了。

我的名字叫作幸運，因為爸爸媽媽說很幸運能夠遇見我，所以幫我取這個名字。
不過，我覺得自己真的很幸運！不管做什麼事都很順利！
LUCKY
考試每次都拿滿分、在學校交到很多好朋友、每次吃冰棒都會拿到「再來一枝」！
LUCKY POWER
LUCKY
我就好像擁有某種幸運魔法一樣，能讓自己隨時都有好運！
我從來沒遇到什麼不順心的事，彷彿這個世界是繞著我在轉一樣！
LUCKY
但是，對我來說，最幸運的還是——
我擁有這世界上最棒的爸爸媽媽！
MORE
我愛他們！我真的是最幸運的人！

這個世界公不公平，對我來說已經無所謂了。
因為我很幸福，因為我並不是感到不公平的那個人。
我有美滿的家庭與充滿希望的人生，這樣就夠了。
不過，有一件事一直困擾著我……
我常常會作一個奇怪的夢，夢到我不是我自己……
在夢裡，我有著強大的力量，我彷彿像是個「王」。
夢裡的我，一直想要從某個地方逃出去，但總是失敗。
每次醒來，我都會感到無比疲憊，但這些夢，終究也只是夢，唉，算了吧。

今天是一年一度的「裝扮節」。
大家在這天都會想辦法把自己裝扮成有趣的樣子。
MORE WANT
LUCKY
這次我將自己裝扮成魔王，把兒子裝扮成勇者。
我們準備要去兒子的學校，展現我們自豪的成果。
哈哈哈哈哈哈哈！儘管感到害怕吧！
我是魔王！
我是……
……魔王？

我想起來了！我全都想起來了！我……
我曾經是……不！我現在也是！我就是魔王啊！！！！！
我記得我被絕望勇者抓來這個世界……
然後就變成現在這樣了！怎麼辦？
去找絕望勇者嗎？嗯?!才剛說完就感受到她的氣息！
你說我這件是魔法師的服裝嗎？
你這次做的服裝也很好看呢！老公！
她就是絕望勇者！我老婆就是絕望勇者啊啊啊啊啊啊！

絕望勇者啊啊啊！妳到底做了什麼？
絕望勇者？這是我這個裝扮的角色名稱嗎？真帥呢！
妳……難道不知道自己是絕望勇者？
我現在知道了啊！所以我要叫你魔王對吧？
爸爸，要出發了去學校了喔！走吧！
喔喔，好！出發吧！
嗚哇啊啊啊啊啊啊啊！呃啊啊啊啊啊啊啊！
我到底……到底都做了些什麼事啊？

我現在到底該怎麼辦才好？
絕望勇者還不知道自己是絕望勇者……
要是我沒有想起自己是魔王就好了……
等等，我怎麼能有這種想法？我可是魔族之王！魔王啊！
唉，在這裡的日子真的是很幸福啊。
這世界對我還真是不公平啊……

睡著後，我作了一個夢，這個夢非常的真實。
或許，也沒人能確定到底什麼是夢，什麼不是夢吧。
魔王，你終於想起來自己是魔王了啊？
……到底要怎麼離開這個世界？
想離開嗎？我隨時都可以讓你回到原本的世界喔！
不過，這樣你就要拋棄你在這個世界所擁有的一切了喔！
……

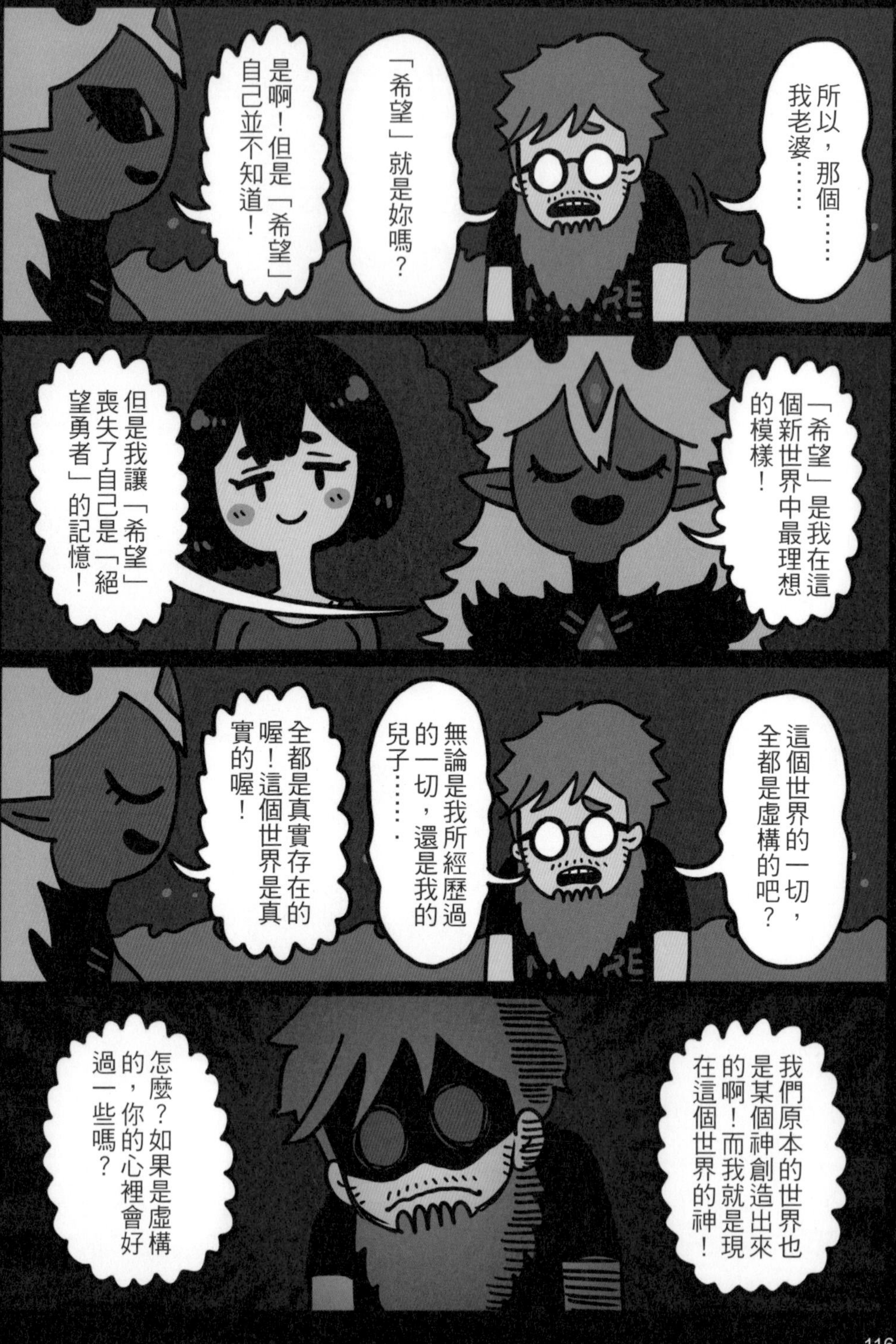
所以，那個……我老婆……
「希望」就是妳嗎？
是啊！但是「希望」自己並不知道！
「希望」是我在這個新世界中最理想的模樣！
但是我讓「希望」喪失了自己是「絕望勇者」的記憶！
這個世界的一切，全都是虛構的吧？
無論是我所經歷過的一切，還是我的兒子……
全都是真實存在的喔！這個世界是真實的喔！
我們原本的世界也是某個神創造出來的啊！而我就是現在這個世界的神！
怎麼？如果是虛構的，你的心裡會好過一些嗎？

妳到底為什麼要把我帶來這個世界？
難道只是想讓我見識妳的招式嗎?!
因為好玩啊！不過，我也沒想到這個世界的我會和你結婚呢！
強者果然就是會互相吸引呢！真不愧是我認可的對手！
別、別說了！原本的世界到現在已經過了多久？
我也不知道，有可能是一天，也有可能是十年！
說不定你回去以後，發現魔族早就已經不需要你了呢！
別說了！可惡啊！妳為什麼要讓我那麼絕望啊！老婆！

老公，你起床了啊？你昨晚好像作惡夢了呢！
WISH
你先去洗臉吧！我已經幫你準備好早餐了！
NO WANT
爸爸！等下陪我玩勇者遊戲！
LUCKY
你扮成魔王！我要扮成勇者！
NO WANT
反正只要回到夢裡，隨時都能離開這個世界……
NO WANT
也不用現在急著離開吧……
NO WANT
那就……再待一下吧。

WISH
LUCKY
NO WANT
再待一下就好。
MORE
I...WANT
再待一下就好。
WANT
LUCK
I HOPE
再待一下就好。
WE
HOME
再待一下就好。

我是幸運，我現在的工作是擔任勇者國的「除錯員」。
除錯員是勇者國中非常重要的一個職業。
這個世界沒有所謂的「魔法」，但是，有一些人在研究不屬於這世界的「魔法」。
對勇者國和這個世界來說，魔法就是種錯誤，而除錯員就是要除掉這些錯誤。
我們追蹤了好幾年，終於發現了一個龐大的神祕組織，他們不斷在研究魔法。
他們勢必會對勇者國造成威脅，我們這次的任務就是要除掉這整個神祕組織。
這個世界可不存在什麼魔法啊，
如果有，我就會把它給除掉。

別逃了！你們是逃不掉的！
看我把你們全部除掉！
嗚哇啊啊！
我們只是在研究魔法啊！
研究那些不存在的東西就是種錯誤！
魔法真的存在啊！
你看！魔法不就在這裡嗎？不就在我的手上嗎？
為什麼你們都視而不見呢？魔法明明就存在於這個世界啊！

接招吧！
糟糕！躲不掉！
擋住
擋住
隕石?!
怎麼可能！
他、他就是預言中的「神之子」啊！他真的存在啊啊！
神之子？幸運，你怎麼也會用魔法啊？

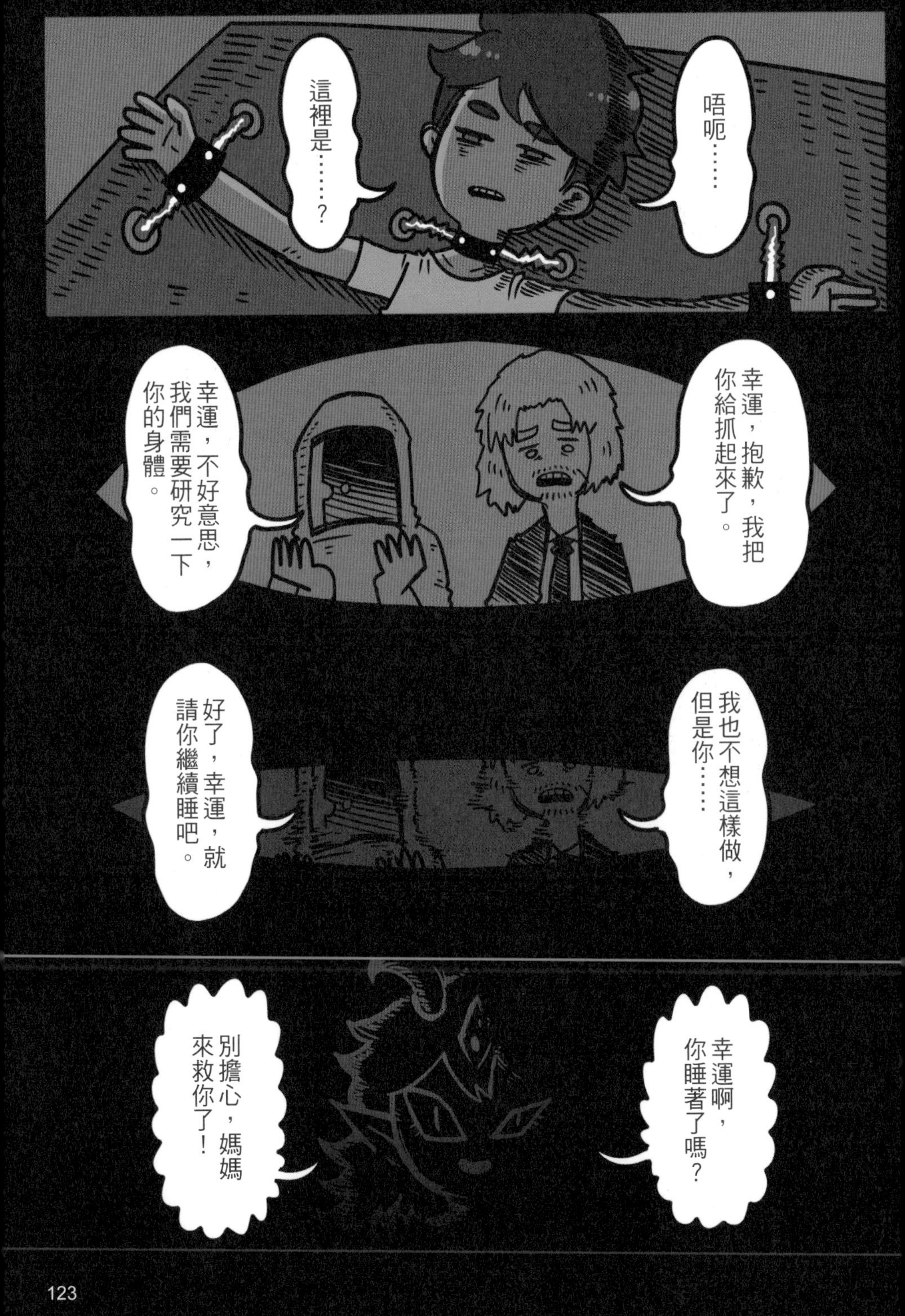
唔呃……
這裡是……？
幸運，抱歉，我把你給抓起來了。
幸運，不好意思，我們需要研究一下你的身體。
我也不想這樣做，但是你……
好了，幸運，就請你繼續睡吧。
幸運啊，你睡著了嗎？
別擔心，媽媽來救你了！

媽媽？妳看起來根本不像我老媽啊！
欸？老爸？你怎麼也在這裡？這是夢吧？
唉，你也來到這裡啦。
HOME
哇啊啊啊啊啊啊啊！
用說的解釋太麻煩了，直接用魔法讓你看吧！
所以這個世界就只是妳無聊創造出來的？
那在這個世界誕生的我，到底算什麼？

老爸，你不該一直留在這個世界吧？
你不是魔王嗎？不是還要帶領魔族嗎？
我想魔族就算少了我，也會有辦法的……
我已經奉獻了自己的大半輩子給魔族了，魔族不會恨我的吧？
我只是想在這個相對和平的世界好好感受一下和平，這樣不過分吧？
那你也待得夠久了！走吧！跟我一起回你原本的世界吧！
我……我再待一下就好……
呃啊……不要用那種眼神看我啦！

幸運啊，你怎麼沒有問媽媽要不要一起回去原本的世界呢？
創造這個世界不就是妳的願望嗎？妳的願望不是實現了嗎？老爸的願望可還沒實現呢！
而且，我的老媽是「希望」！才不是妳這個「絕望勇者」！
就算她是這個世界的妳，我也絕對不會承認妳是她！
我的老媽是最棒的媽媽！妳就只是一個任性的瘋子！
不要以為妳自己創造了這個世界，就可以當我的老媽！
這些話，聽起來還真令人絕望啊。

幸運，你是打算要去我們「原本的世界」嗎？你不留下來嗎？
見識到那個世界後，我根本就沒心情留在這裡，而且我在這個世界已經被抓住了。
倒是你，老爸，你以前明明就是那麼強大的魔王，現在為什麼會變成這樣？
HOME
為什麼？為了你和你老媽啊，不，也不能這麼說……
這全都是我自己的選擇，我這樣做全都是為了我自己……
唉，我在說什麼，老爸不就是為了我和老媽才留在這裡的嗎？
HOME
我啊，也不是自己想當魔王的，但那也是我的選擇……
說實話，對於當魔王這件事，我已經感到相當疲憊了……
老爸在那個世界也已經為魔族努力夠久了，他一定累壞了。
HOME
……因為我累了。
嗯，你就在這裡好好休息吧，休息完再去那個世界找我吧！
HOME

請妳把我傳送到另一個世界吧，絕望勇者。
還真快就下決定了呢！真不愧是我們的兒子啊！對吧？
HOME
對了，我被傳送到另一個世界後，
我老媽還會記得我嗎？
你真聰明呢！沒錯，我會把你的存在從這個世界消除，希望不會記得你！
果然是這樣嗎……或許這樣是最好的。
你真的不跟你兒子一起回去嗎？這樣我就可以一次消除你們兩個的存在了！
唉，希望還真是可憐啊……
HOME
我還想多陪一下希望，絕望勇者，如此擅長破壞的妳，卻創造了一個完美的自己啊。
「只為了自己和所愛的人著想」的這種日子，我還想再多享受一下。

早安，老公，我幫你泡好熱茶囉！
如果當初我們選擇生孩子，不知道現在的生活會是什麼樣子呢！
不過我一點都不後悔喔！我非常喜歡這種兩人獨處的生活，你呢？
我也是啊。

第十三章

獨眼巨人族之戰

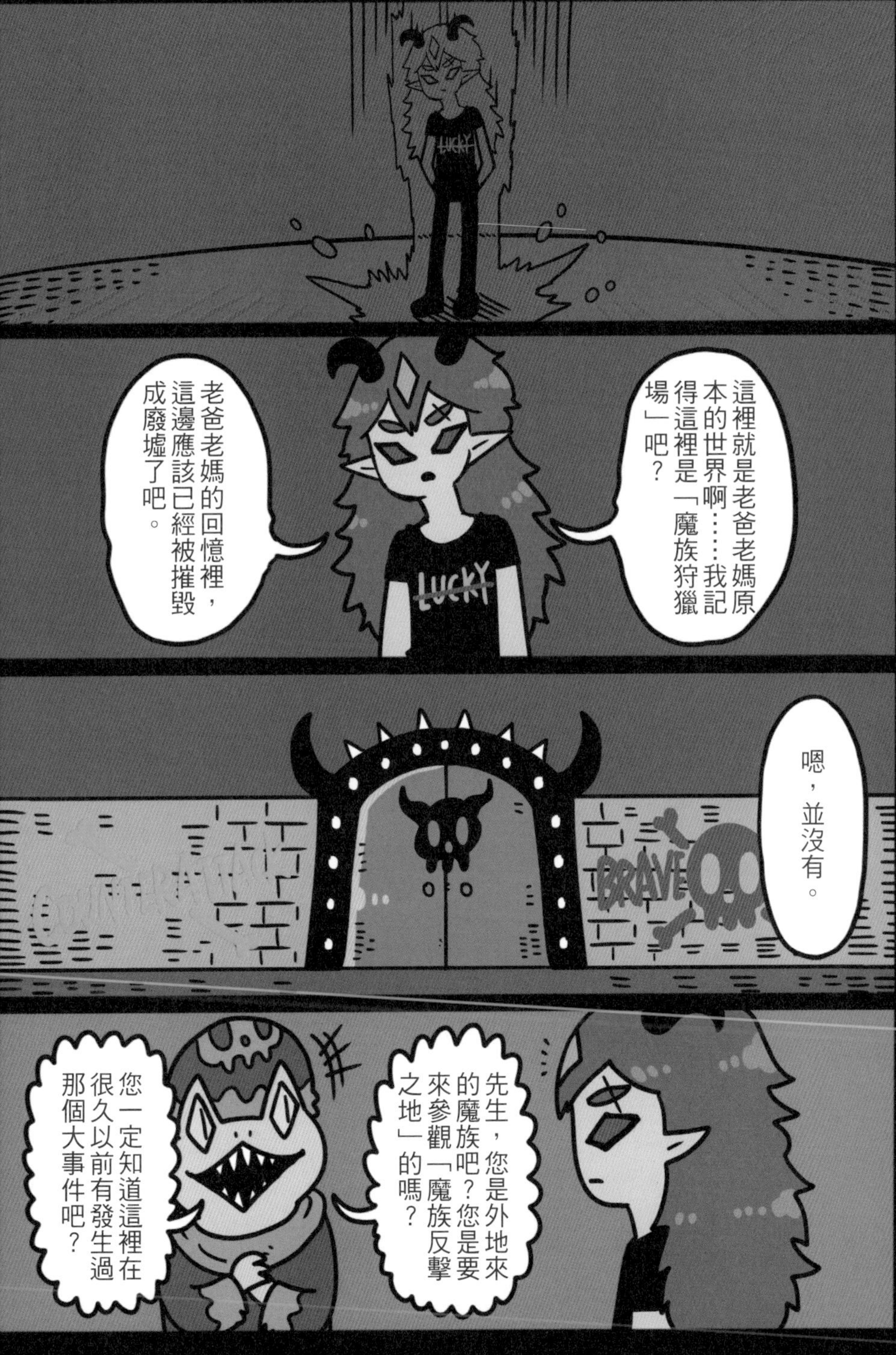
LUCKY
這裡就是老爸老媽原本的世界啊……我記得這裡是「魔族狩獵場」吧？
老爸老媽的回憶裡，這邊應該已經被摧毀成廢墟了吧。
LUCKY
嗯，並沒有。
BRAVE
先生，您是外地來的魔族吧？您是要來參觀「魔族反擊之地」的嗎？
您一定知道這裡在很久以前有發生過那個大事件吧？

很久以前嗎？也是，應該也已經過好幾十年了吧。
好幾十年？
不不不，實際上也才過一年而已啊！
不過這一年對魔族來說可是非常重要的一年啊！
新的魔族四天王上任以後，整個魔族又更強大啦！
新的魔族四天王是誰？
你竟然不知道？你到底是從哪裡來的？算了！
新的四天王就是那位偉大的半獸人～「女老闆」啊！

你真的很可疑，竟然不知道這些大事件，你到底是誰？
解釋起來太麻煩了，「傳送術」－！
喂喂！為什麼要逃跑?!太可疑啦！
這裡是哪裡呢？嗯?!有人用傳送術過來了，
不會是剛才那個魔族吧？真是麻煩啊
……
為什麼你身上有絕望勇者的「氣息」？
等等，仔細一看，還有魔王的氣息……你到底是誰？

啊，我知道你，我在絕望勇者的記憶裡看過你。
你就是黑色魔劍吧？才過一年，你怎麼變那麼憔悴？
絕望勇者的「記憶」？
為什麼你看過她的記憶？
嗯……
你還真是……
可憐啊……
為什麼？我為什麼可憐？請你說清楚。
沒有啦，我只是隨口說說的啦！

原來如此，所以你是絕望勇者在另一個世界的兒子啊。
然後，你的父親就是那個魔王……
抱歉啊，絕望勇者就是個我行我素的人。
你不必抱歉，她一直以來都是個我行我素的人啊！哈哈哈！
只要知道她還在另一個世界好好的活著，我就心滿意足了！
總算找到你啦！
接受勇者國的制裁吧！黑色魔劍！
又來了……

院長要我們快點把你給收拾掉！
「前」副院長啊，真是不好意思啦！
少了那把魔劍的你，已經不像以前那樣強大了！
話雖如此，你還是把魔法學院派出的追兵全都打倒了啊！哈哈哈！
畢竟你可是讓「四大組織」以及數十名勇者一起聯手對付的怪物啊！
大家一起聯手卻還讓你逃掉，不過，你這次逃不掉啦！
好了，快點開始吧！我還想快點去對付那些獨眼巨人呢！
是啊，沒必要在這邊浪費太多時間。

啊，我在「她」的回憶裡看過這三位精靈族，我記得他們都滿厲害的。
LUCKY
是啊，他們都是因為討厭絕望勇者才一直沒有加入魔法學院。
等等，我好像從那位魔族身上聞到了一股熟悉又可恨的味道。
是啊，我也聞到了，絕望勇者的味道。
雖然不太可能，但你該不會是她的兒子吧？
絕望勇者像是會生小孩的人嗎？
就算我是，我也不會承認那個自私又任性的混蛋是我媽媽。
沒錯！她是個自私又任性的混蛋！看來你跟我們是同陣營的！
好吧，我們就當作你真的不是她兒子吧。

什麼同陣營的，他是魔族，也是我們要消滅的敵人啊！
欸？？是嗎？
你在懷疑什麼啊。
你們仔細看，我不只是魔族，我也有精靈族的血統。
嗯……仔細一聞，你身上除了絕望勇者的味道，還有那位「魔王」的味道。
LUCKY
絕望勇者和魔王？哈哈！怎麼可能！
如果真是你想的那樣，那就可怕了！
這樣比起來，黑色魔劍怎樣都無所謂了！

我問一下，要是我們跟黑色魔劍打起來，
你會站在哪一邊？
我會站在黑色魔劍那邊吧。
欸～為什麼？我們不是同陣營的嗎？
你不是也很討厭絕望勇者嗎？
是啊，但我覺得黑色魔劍很可憐。
如果你的父母真是我們想的那樣，
那黑色魔劍……的確很可憐呢。
真可憐啊，我都不知道要怎麼跟他打了。
你要堅強一點啊，黑色魔劍。
你們不要擅自把我當成受害者。

那我們就推掉討伐黑色魔劍的任務吧！
好啊，我們還有更應該要對付的敵人啊。
咦咦?!這麼快就放棄了嗎？
反正黑色魔劍本來就不會主動來打我們！
是啊，是因為勇者國一直派人去打他，他才反擊的。
你們也有自知之明啊。
現在最重要的是要趕緊去對付獨眼巨人！
嗜血魔王正在邀請獨眼巨人加入他成立的「菁英部隊」呢！
獨眼巨人一族雖然強大，但他們看不起其他魔族，一直以來都不和魔王合作。
但是這次，他們卻快被嗜血魔王說服成功了，我們要在他們合作之前消滅他們！

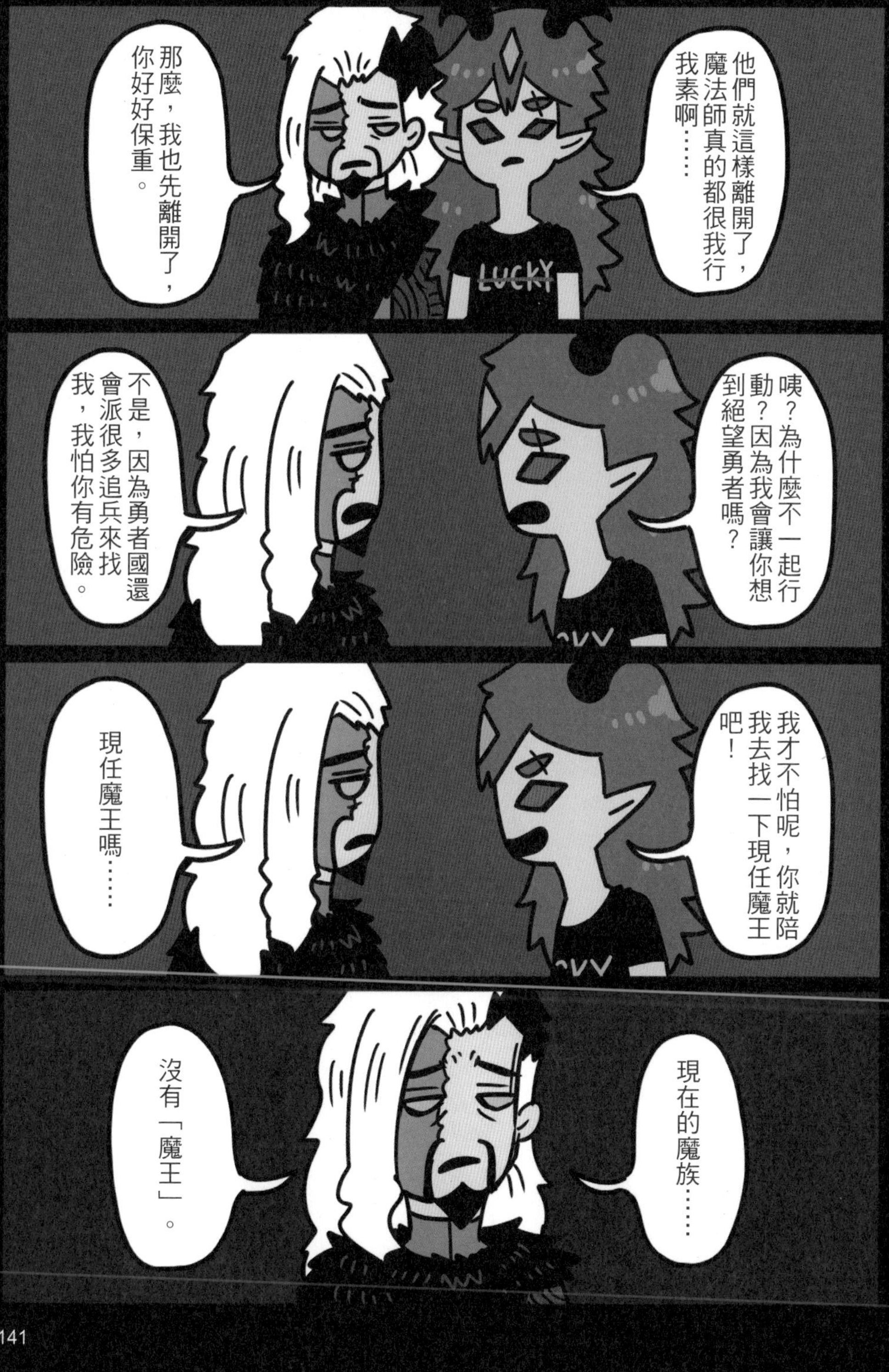
他們就這樣離開了，魔法師真的都很我行我素啊……
那麼，我也先離開了，你好好保重。
LUCKY
咦？為什麼不一起行動？因為我會讓你想到絕望勇者嗎？
不是，因為勇者國還會派很多追兵來找我，我怕你有危險。
我才不怕呢，你就陪我去找一下現任魔王吧！
現任魔王嗎……
現在的魔族……
沒有「魔王」。

各位好！感謝各位參與今天的四天王會議！
魔族失去魔王已經過了一年，但是魔族的大家並沒有因此而氣餒！
就算沒有魔王，魔族依然很強大，魔族的強大需要靠每一位魔族的努力。
魔族四天王 戰鬼
魔族四天王 水妖
而我們四天王，更要為了所有魔族努力工作！
圖書館館長 孤獨大將軍
魔族四天王 女老闆
菁英部隊長 嗜血魔王
那麼，就請各位報告工作進度吧。
魔族四天王 賢者

我先報告我的部分！獨眼巨人的首領今天會過來這裡，
他們要來和我們談加入菁英部隊的細節。
要是他們加入菁英部隊，對魔族可是一大戰力呢！
是啊！他們應該已經來到我們的領地了。
魔族領地某處
他們就是獨眼巨人啊……
好、好大啊！
LOOK
魔族的勢力感覺越來越大了呢……

我的部分則是──「魔族圖書館」終於在一週前開館了！
目前有非常多魔族願意進去看書！
知識就是力量啊！希望魔族的力量越來越強大！
沒錯，這正是我所期望的！
魔族圖書館 館內
這些書上寫了好多我以前都不知道的事！
對啊！原來這個世界一開始只有魔族，沒有人類啊？
那人類是魔族創造的？反正那本書應該是魔族寫的吧？他想怎麼寫都行！
唉唷！你還懂得懷疑書上的內容喔！不愧是吸收過知識的魔族呢！

我將「傳送點」安裝在每一座魔族的村莊中了。
這樣一來，不管是哪裡被人類攻擊，都能馬上派兵支援。
真是令魔族放心！就算是偏遠的村莊也能受到保護！
是啊，加上我之前給的裝備，魔族的防禦系統又更加強大了。
某座魔族村莊
勇者來了啊啊啊！
別擔心！我們來支援你們了
唉，傳送點出現後，我們這些比較厲害的魔族都不能休息了！
很好啊！我們可以拚業績賺獎金耶！

我把和平城給攻下來了。
慈愛勇者和憐憫勇者已經被我關了起來。
魔族領地又變多了！要是他們兩位願意加入我們就好了！
哼，別以為他們兩個是魔族就一定會加入魔族啊，人類。
戰鬼城的監獄
憐憫姐，抱歉，沒能保護好妳……
你的眼睛看起來傷得很嚴重……
還好啦……欸？憐、憐憫姐！妳怎麼哭了?!
一想到你的眼睛很痛，我就覺得好難過……

WATER DEMON
我被人類票選為最美麗的女性，
我的新書在勇者國也已經銷售一空。
太好了，讓我們賺到很多人類的錢，真是辛苦妳了！
比起攻打人類，我也比較願意用這種方式來征服人類。
理想國
妳真是非常努力呢，水妖…………
理想國國王
炎魔
現在的魔族真是比以前強大很多啊，真替魔族開心。
賢者啊，你就帶領魔族前往更美好的未來吧！
Fire

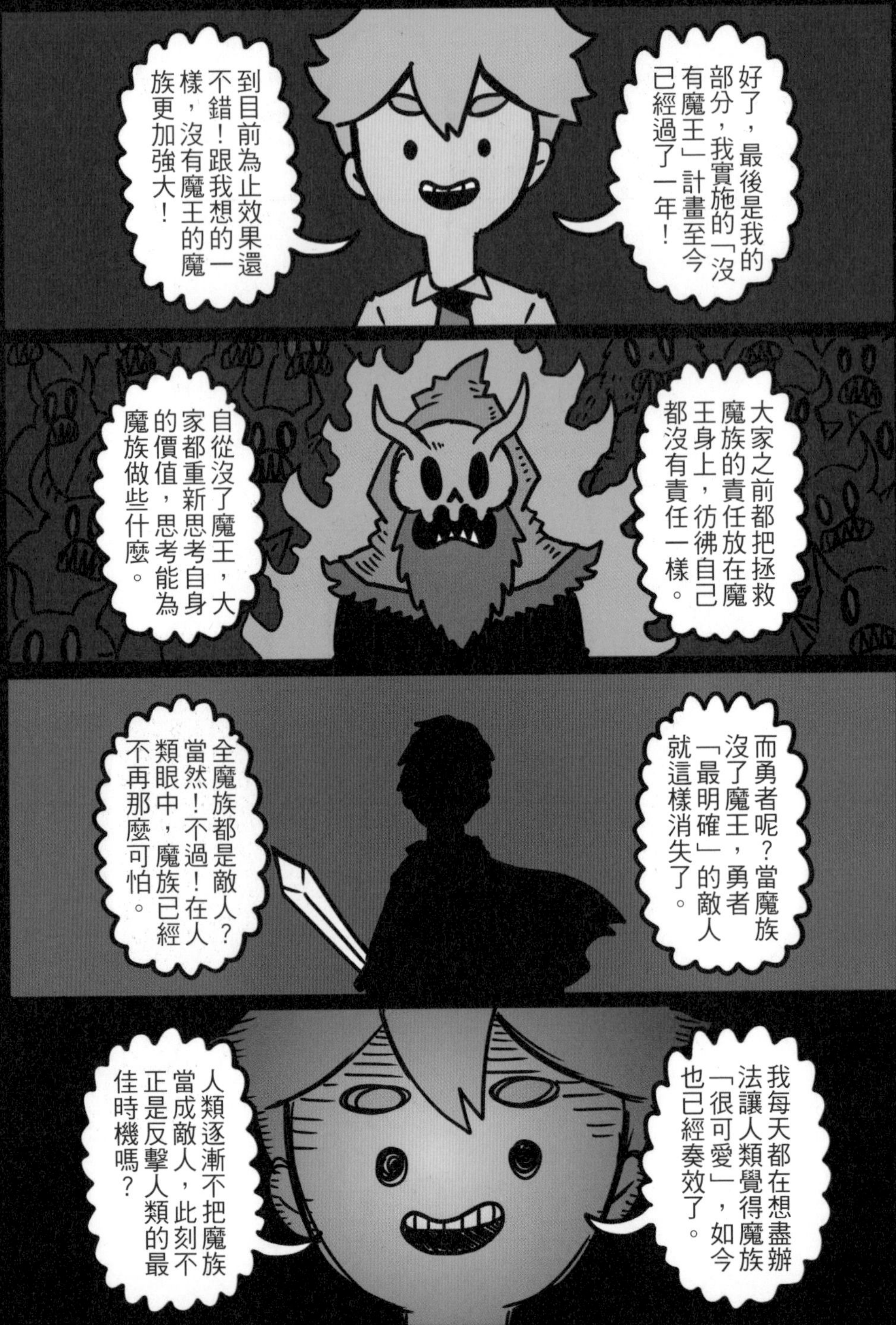
好了，最後是我的部分，我實施的「沒有魔王」計畫至今已經過了一年！
到目前為止效果還不錯！跟我想的一樣，沒有魔王的魔族更加強大！
大家之前都把拯救魔族的責任放在魔王身上，彷彿自己都沒有責任一樣。
自從沒了魔王，大家都重新思考自身的價值，思考能為魔族做些什麼。
而勇者呢？當魔族沒了魔王，勇者「最明確」的敵人就這樣消失了。
全魔族都是敵人？當然！不過！在人類眼中，魔族已經不再那麼可怕。
我每天都在想盡辦法讓人類覺得魔族「很可愛」，如今也已經奏效了。
人類逐漸不把魔族當成敵人，此刻不正是反擊人類的最佳時機嗎？

你就是四天王之一的「賢者」嗎？我知道我知道！
明明是人類卻是魔族四天王！真是超～厲害的！
而且你讓魔族變得更厲害了～真的是超～～～酷的！
不不，這是所有魔族的功勞啊！
以前的魔族太懦弱了～是你讓魔族變堅強了～所以我們才想跟你們合作～
我們獨眼巨人族願意加入菁英部隊～我該稱呼你為賢者還是「魔王」呢？
哎唷！別叫我什麼「魔王」啦！
現在的魔族，才沒有「魔王」呢！

感謝你們加入菁英部隊，你們對魔族來說是一大戰力！
對吧～～～我們獨眼巨人超～厲害的喔！
那就～～～再麻煩你們到巨人城安裝「傳送點」喔～～
只要你們有困難～我們會隨～時過來幫忙的喔！
連獨眼巨人族都加入了，還真有你的！
現在的局勢對於人類可是越來越不公平了呢，這是你所期望的吧，魔王！
「一個只對魔族公平的世界」！我會繼續努力的！

獨眼巨人族據點
巨人城
巨人城真大啊。
哼，不過就是房子比較大一點而已，沒什麼好囂張的。
趁這裡還沒有安裝「傳送點」前，把這邊給毀掉吧。
好～～～我開始感到熱血沸騰啦！
速戰速決吧。
喂！精靈族！你們來這裡做什麼？
你們快點從我眼前消失吧，不然我就要攻擊你們了。
好～消失！

喂！有入侵者啊！而且他一招就把守衛解決了！
可惡！竟敢來招惹我們獨眼巨人族！他們是瘋了嗎？
招惹你們就是瘋了？你們有這種想法才是真的瘋了啊。
以前沒「關注」你們只是因為你們沒和魔族合作，並不是因為不敢來招惹你們啊。
悲哀啊。

巨人城　某處
大戰士！入侵者的身分確認了！是魔法學院的人！
他們是「五大魔法師」其中的三位！
大魔法師啊……他們很強耶……
所以呢？要我們兩個去打他們三個嗎？你以為我們一定能贏嗎？
就算贏不了，我們也要撐到族長回來啊。
獨眼巨人大戰士
無眼龍
獨眼巨人大戰士
眼鏡蛇
我看我們就睜一隻眼閉一隻眼，等他們自己離開吧。
獨眼巨人可沒辦法睜一隻眼閉一隻眼啊。

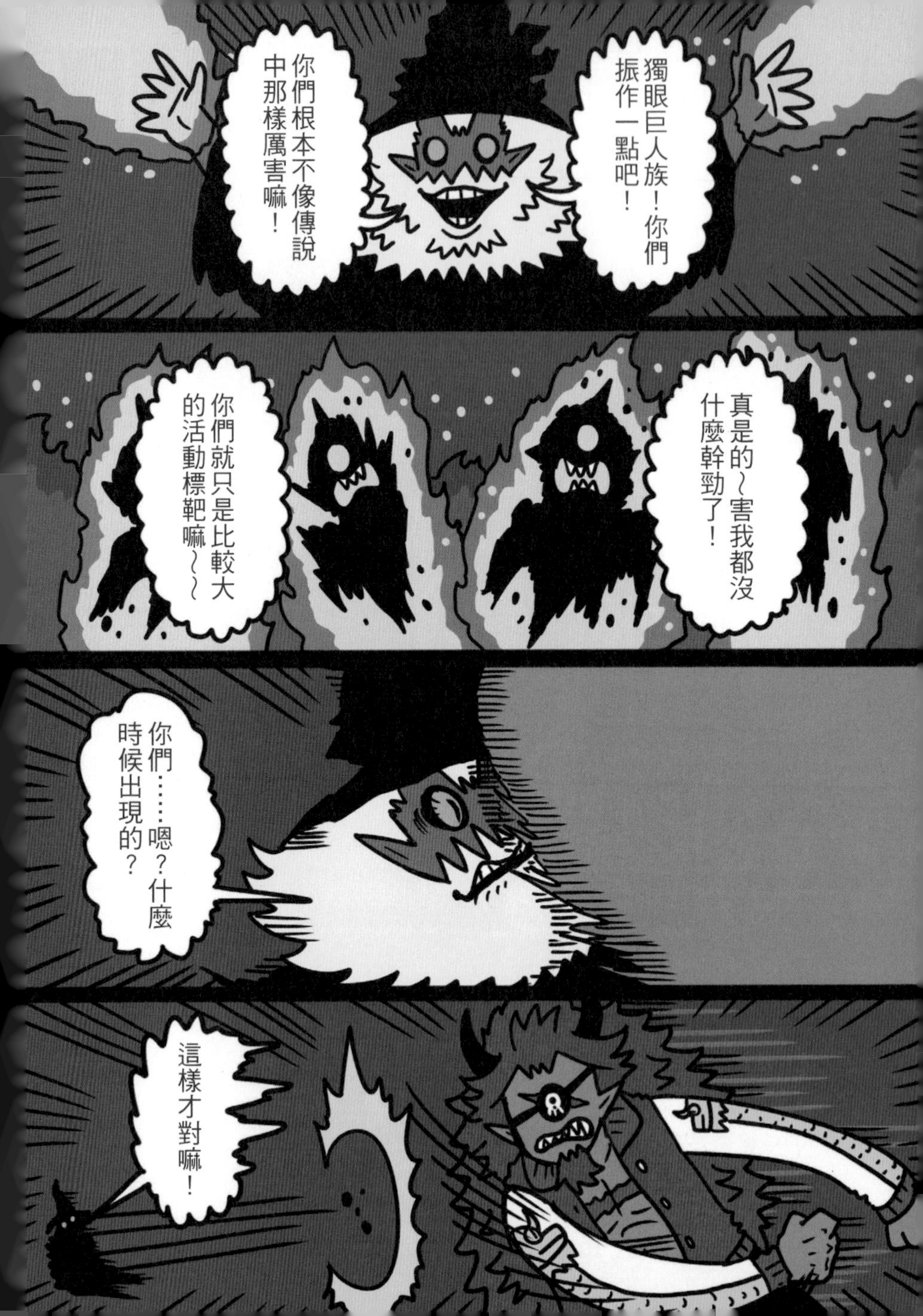
獨眼巨人族！你們振作一點吧！
你們根本不像傳說中那樣厲害嘛！
真是的～害我都沒什麼幹勁了！
你們就只是比較大的活動標靶嘛～～
你們……嗯？什麼時候出現的？
這樣才對嘛！

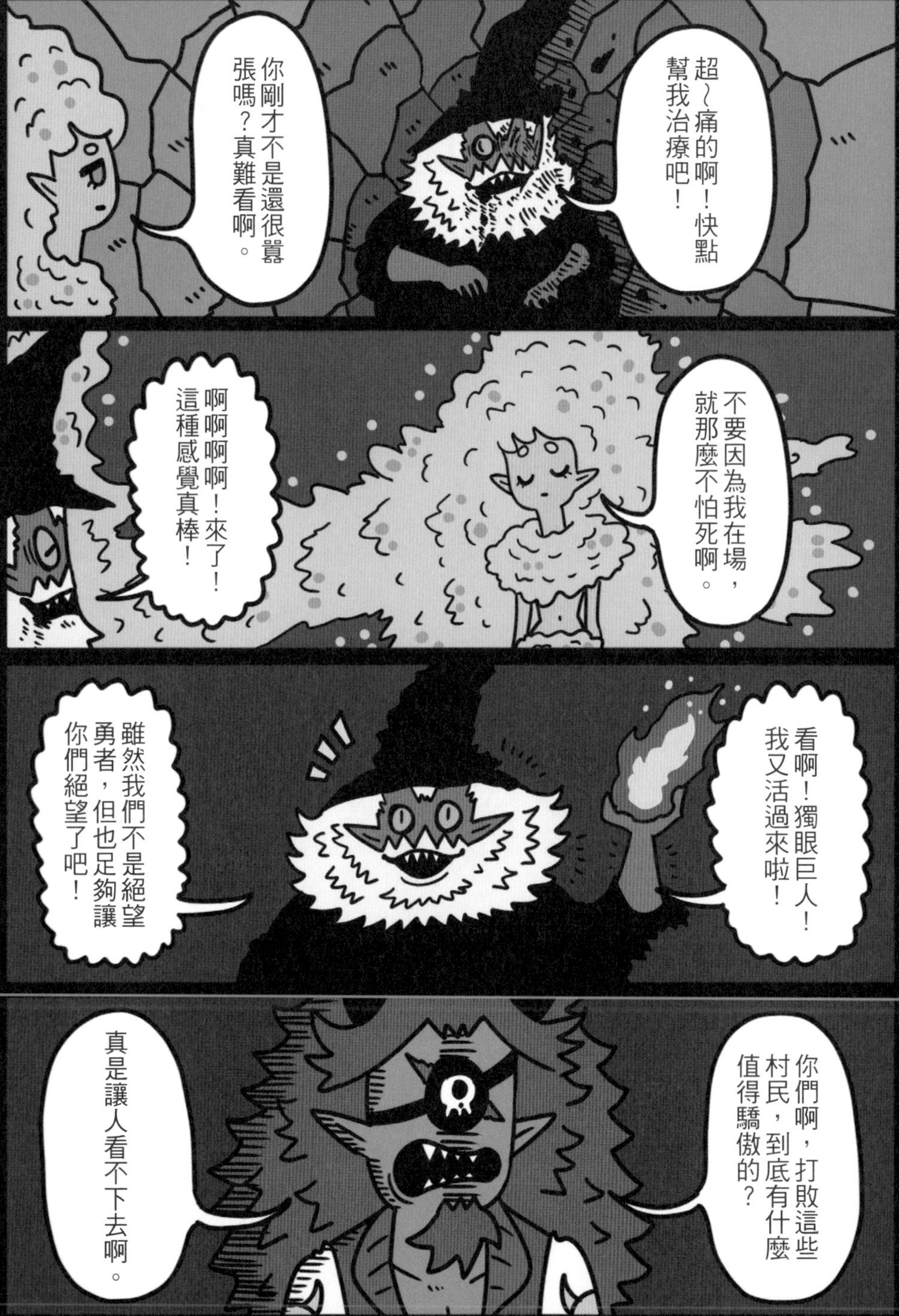
超～痛的啊！快點幫我治療吧！
你剛才不是還很囂張嗎？真難看啊。
不要因為我在場，就那麼不怕死啊。
啊啊啊啊！來了！這種感覺真棒！
看啊！獨眼巨人！我又活過來啦！
雖然我們不是絕望勇者，但也足夠讓你們絕望了吧！
你們啊，打敗這些村民，到底有什麼值得驕傲的？
真是讓人看不下去啊。

其他幾個大戰士還在「狩獵」嗎？
他們大概什麼時候會回來？
大概還要再半天才會回來……
還有其他像你這樣的戰士嗎？太棒啦！
吸氣……
大戰士們啊！全都回來吧！
有入侵者！
是無眼龍！走吧，回去了。
！

他是服裝店的老闆，我常常會去他的店裡買衣服。
他是早餐店的店員，總是笑臉迎人。
她是髮廊設計師，幫我做過幾次造型。
她是眼鏡店的老闆，我的眼鏡也是跟她買的。
除了守衛，這裡沒有一個人是戰士。
你們卻毫不留情的攻擊他們。
嗯，我決定了。
我要滅了你們，然後再去毀掉魔法學院。

真是的！在魔法的面前，你們的力量根本就不足為懼！
勇者國竟然把你們當成威脅！
就算你們加入魔族，對我們來說也只是多了經驗值！
你們獨眼巨人就是安逸太久了，才會變成這副德性啊！

別鬧啦！獨眼巨人大戰士的實力就只有這樣嗎？
這樣還想要滅了我們？毀掉魔法學院？別開玩笑啦！
你們真是悲哀啊！還真以為自己很厲害是吧？
就算再多來幾個像你們這樣的大戰士也不痛不癢啊！
我們回來了，辛苦你們兩位了。
不擅長正面戰鬥的你們，能撐到現在已經很了不起了。
魔法師都這麼囉嗦嗎？真是傻眼欸～～～～～
獨眼巨人大戰士 翻白眼
獨眼巨人大戰士 鷹眼
獨眼巨人大戰士 傻眼貓貓

BOOM!! BOOM!!
這東西可不輸魔法呢。
竟然用這種武器！的確是不輸魔法！
不過一點都不浪漫啊！獨眼巨人！
喵唷！
不浪漫，但是很有效啊！

真是的，還以為獨眼巨人只會靠蠻力呢！真不簡單！
喂！快點幫我們治療吧！
我、我一直翻白眼！看不到你們在哪裡！
白眼電波～～～
這樣的話，也只能使出那招了呢！
雖然很不想用這招，但也只能用了……
先回魔法學院吧！「傳送術」！
妳也快點用傳送術撤退吧！

他們就這樣逃了，無眼龍，上吧。
別想從我無眼龍的眼前逃跑啊！上車吧！各位！
變身！
「追擊的特快車」！
直奔魔法學院把他們給全滅了。
嗯，就這麼做吧。
好耶！
坐好啦。
喂喂！他們追上來了！
不是吧？別鬧了！
不妙啊。

魔法學院 某處
喂！那是什麼？
是流星嗎？
不，好像是一條龍？
哇啊啊啊啊啊！
夥伴們，到終點站魔法學院啦！你們也走到終點啦！
這是什麼東西?!
魔法學院被攻擊啦！

第五集（完）

番外篇

這一家人

魔法……
會不會真的存在呢？
蛤？你在說什麼？
你剛剛說的話要是被上面的長官聽到可是不得了喔！
我開玩笑的～
只是……我們在追蹤的那個組織，
他們使用的招式真的很難解釋吧？
不用去思考這個不存在的東西，
我們需要思考的是待會要吃啥。

魔法是很美麗的，
這個世界雖然想要將魔法遺忘，但是做不到……
遺忘？是你們這群人忘記了這個世界並沒有魔法吧！
這把槍……也是用魔法做成的啊！
是啊！這本該是個沒有任何魔法的世界！但是啊……
創造這個世界的神還是對魔法念念不忘啊！
BANG!!
我們只是發現了魔法的存在！魔法一直都在啊！
我愛魔法！我愛魔法！

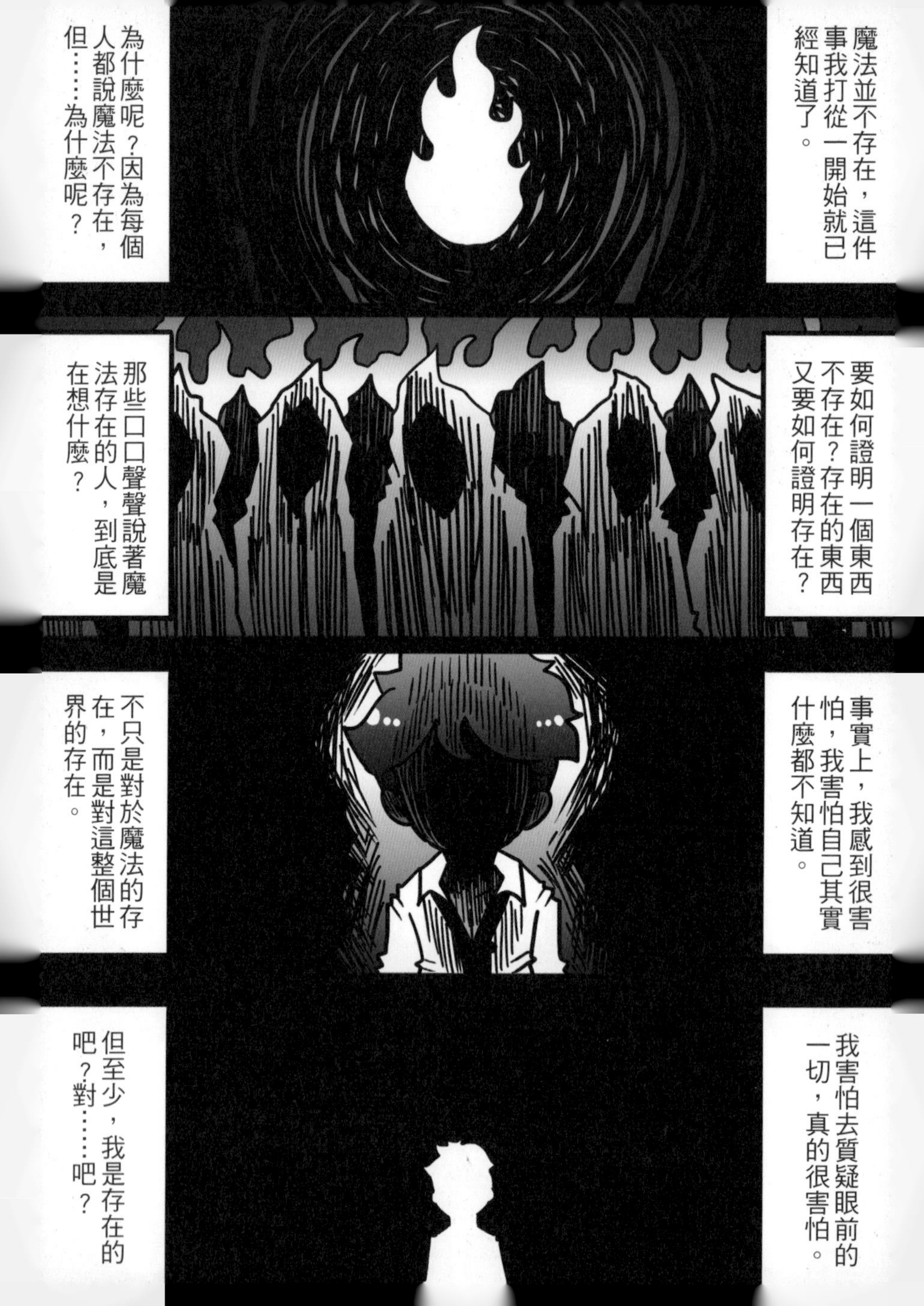
魔法並不存在，這件事我打從一開始就已經知道了。
為什麼呢？因為每個人都說魔法不存在，但……為什麼呢？
要如何證明一個東西不存在？存在的東西又要如何證明存在？
那些口口聲聲說著魔法存在的人，到底是在想什麼？
事實上，我感到很害怕，我害怕自己其實什麼都不知道。
不只是對於魔法的存在，而是對這整個世界的存在。
我害怕去質疑眼前的一切，真的很害怕。
但至少，我是存在的吧？對……吧？

老爸，你覺得魔法到底存不存在？
欸?!
你身為除錯員還在質疑這件事嗎？
嗯～魔法嘛……大家做不到的事情都被稱為魔法吧？
「因為做不到所以不存在」這樣的想法確實是存在的，我只知道這樣啦……
嗯？魔法指的不是「神奇的事」嗎？
我覺得我們能夠當一家人很神奇喔！
但這並不是魔法，對吧？

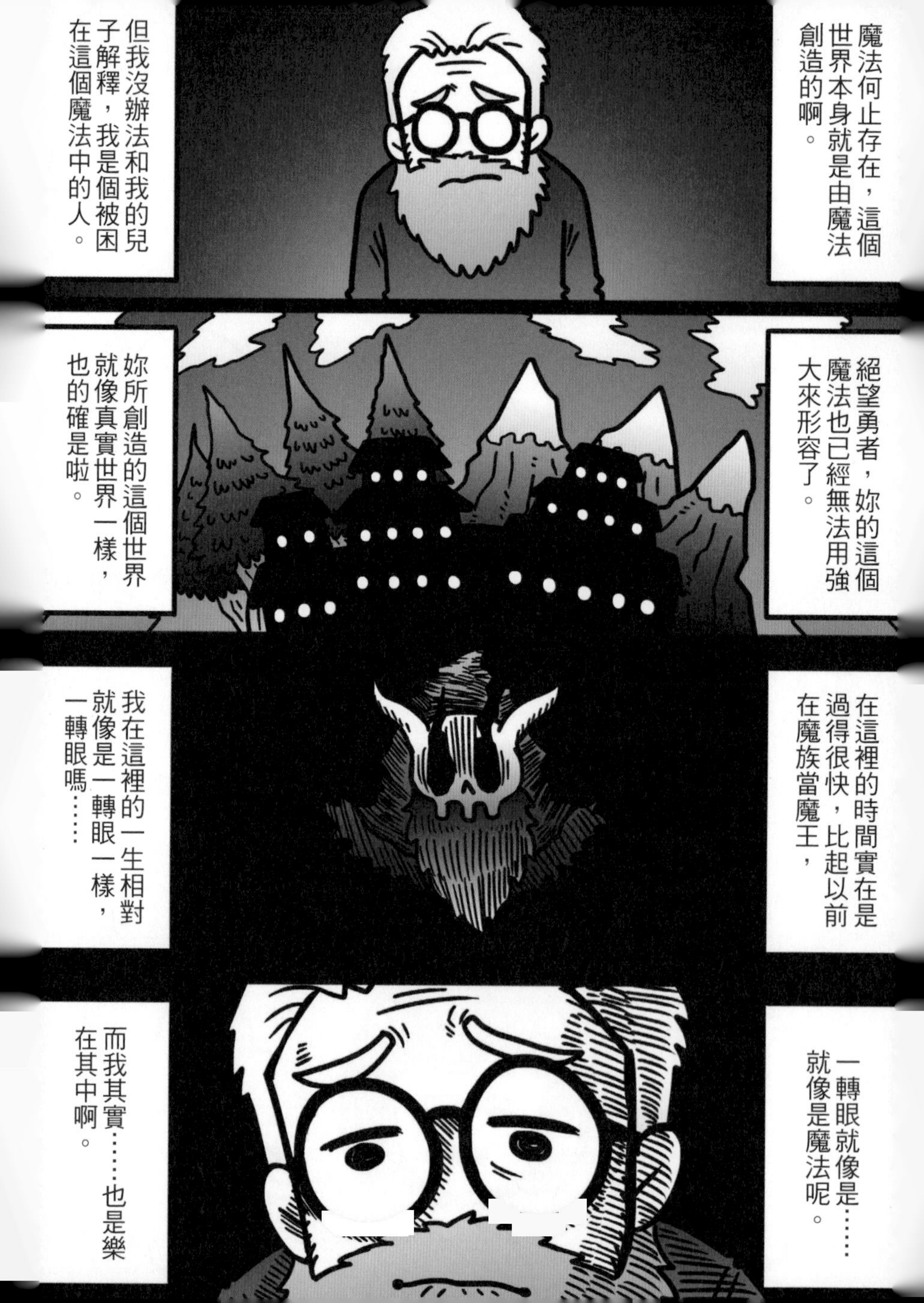
魔法何止存在，這個世界本身就是由魔法創造的啊。
但我沒辦法和我的兒子解釋，我是個被困在這個魔法中的人。
絕望勇者，妳的這個魔法也已經無法用強大來形容了。
妳所創造的這個世界就像真實世界一樣，也的確是啦。
在這裡的時間實在是過得很快，比起以前在魔族當魔王，
我在這裡的一生相對就像是一轉眼一樣，一轉眼嗎……
一轉眼就像是……就像是魔法呢。
而我其實……也是樂在其中啊。

有一陣子沒在夢裡見到妳了呢。
妳又想做什麼呢？絕望勇者啊……
沒事啦！只是想聊聊天而已啊！
NO MORE
你待在這個世界太久了吧～～～
這個世界真的那麼棒嗎？我還以為你恨透了這一切呢！
恨嗎？……我老早就沒去思考這個問題了。
說實話，在這裡的日子真的還滿棒的。
比起守護全魔族
我……或許比較樂於守護自己的家人呢。

我用魔法創造了一個「魔法並不存在」的世界。
這裡的所有人事物都是我創造並且真實存在的。
我只不過是用魔法給了這個世界一些規則和秩序而已，
這個世界就自己運轉著，而且超乎了我的想像。
我看著這一切，同時也主宰著這一切。
我應該要擁有全部，卻覺得我好像什麼都沒有。

有點無聊了。

勇者系列／第五集：魔王與絕望勇者／黃色書刊 著. -- 初版. – 臺北市：時報文化，2023.05；176 面；14.8 ╳ 21 公分. -- （Fun：102）

ISBN 978-626-396-135-7（平裝）

Fun 102

勇者系列／第五集・魔王與絕望勇者

作者 黃色書刊｜**主編** 尹蘊雯｜**執行企畫** 吳美瑤｜**美術協力** FE 設計｜**副總編輯** 邱憶伶｜**董事長** 趙政岷｜**出版者** 時報文化出版企業股份有限公司 108019 台北市和平西路三段 240 號 3 樓 發行專線—(02)2306-6842 讀者服務專線—0800-231-705・(02)2304-7103 讀者服務傳真—(02)2304-6858 郵撥—19344724 時報文化出版公司 信箱—10899 臺北華江橋郵局 99 信箱 時報悅讀網—www.readingtimes.com.tw 電子郵件信箱—newlife@readingtimes.com.tw｜**法律顧問** 理律法律事務所 陳長文律師、李念祖律師｜**印刷** 華展印刷有限公司｜**初版一刷** 2024 年 5 月 17 日｜**定價** 新台幣 380 元｜（缺頁或破損的書，請寄回更換）

時報文化出版公司成立於 1975 年，1999 年股票上櫃公開發行，2008 年脫離中時集團非屬旺中，以「尊重智慧與創意的文化事業」為信念。